U0451425

谨以此书
献给我守望喀纳斯山野的岁月

山再高也在云下
人再高也在山下
——图瓦谚语

喀纳斯湖

一位山野守望者的自然笔记

康 剑 ◎ 著

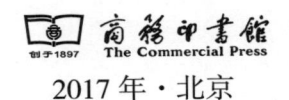

商务印书馆
The Commercial Press

2017年·北京

图书在版编目(CIP)数据

喀纳斯湖：一位山野守望者的自然笔记/康剑著．—北京：商务印书馆，2017
ISBN 978-7-100-13941-0

Ⅰ.①喀⋯ Ⅱ.①康⋯ Ⅲ.①散文集—中国—当代 Ⅳ.①I267

中国版本图书馆CIP数据核字(2017)第105310号

权利保留，侵权必究。

喀纳斯湖：一位山野守望者的自然笔记
康 剑 著

商 务 印 书 馆 出 版
(北京王府井大街36号 邮政编码100710)
商 务 印 书 馆 发 行
北京顶佳世纪印刷有限公司印刷
ISBN 978-7-100-13941-0

2017年5月第1版　　开本 710×1000 1/16
2017年5月北京第1次印刷　印张 15¼
定价：68.00元

目录

山水经 …………………………………………… 1
春天游走在草原上 ……………………………… 31
松树花开 ………………………………………… 35
花草记 …………………………………………… 39
阿西麦里 ………………………………………… 47
仰望友谊峰 ……………………………………… 57
一棵花楸 ………………………………………… 71
深山五日 ………………………………………… 75
湖岸上的树 ……………………………………… 105
骑行山野 ………………………………………… 111
鸟瞰 ……………………………………………… 139
双湖初雪 ………………………………………… 147
冰湖 ……………………………………………… 157
聆听喀纳斯 ……………………………………… 177
禾木星空 ………………………………………… 185
独秀峰 …………………………………………… 191
曲开老人 ………………………………………… 197
喇嘛庙 …………………………………………… 217
木桥记忆 ………………………………………… 225
放过虫草吧 ……………………………………… 231

目录

山 水 经

ShanShuiJing

一、游牧哈流滩

哈流滩是一道门，一道干旱与湿润、荒漠与草原、平原与山地之间的大门。它同样还是一道牲畜转场的大门。每年的春秋两季，转场是这里的一道壮美景观。

哈流滩在蒙古语中的准确叫法是哈路特，意思是百鸟聚集的地方。这里是阿尔泰山浅山地带最大的春秋牧场，每年过往的牲畜以百万头（只）计算。水草丰美，气候宜人，成了牛羊迁徙的重要理由。年复一年，大山和草原有了被蹄印踩下的深深皱褶。

牲畜转场始终是游牧民族的一个重大话题。在大地上不停行走，注定了游牧的生产和生活方式是顺应自然。

关于转场，有两种说法。第一种说法是牧人赶着牛羊转场。每年春天，随着气温升高，冬天的积雪从牧人居住的冬窝子开始融化，雪线逐渐从浅山向深山退去。牧人们知道是该行走的时候了，他们赶着牛羊，跟随融雪后长出嫩草的草原向着大山行走。牧人和牛羊会利用整整一个春夏，跟着雪线一直走到阿尔泰大山的深处。到了秋季，深山会最早落下雪来。牧人们又会赶着膘肥体壮的牛羊，被逐渐下移的雪线追赶着往山下转场。第二种说法是牛羊领着牧人转场。春天的到来使河谷地带的气温升高，加上草原已被牛羊一个冬季啃食得所剩无几，牛羊便会迫不及待地向往大山的美好，主动向清凉的深山转移。牛羊用与生俱来的嗅觉，早已闻到远山肥美草场的气味。于是，牧人们不得不跟着牛羊在草原上奔跑。而到了秋天，早早降临的大雪使深山的牧场寒冷难耐，牛羊会不由分说地向山下转移。不管是上山还是下山，都是牛羊自己主动的行为，都是它们无比快乐的事情。因此上山时气势宏伟，下山时势不可挡。牛羊终其一生只追求一件事情，那就是舒适的气候和肥美的草场。

第一种说法，牧人是转场事件的发起者。第二种说法，牛羊成了转场事件的主导者。但不管是牧人赶着牛羊走，还是牛羊领着牧人跑，都说明一个道理，这个世界上，一切生灵的何去何从，必须要服从大自然的安排，遵循大自然的规律。

哈流滩不仅是牲畜转场的大门，它同时也是一道风景的大门。从这一刻起，喀纳斯为你盛装起舞。

二、风流石

在喀纳斯，不光人和动物有灵性，成风景，就是石头也有故事，而且耐人寻味。

如果稍加留意，在喀纳斯的沿途，你会看到很多让你浮想联翩的奇山怪石。你可以随意想象它们像猫像狗，但充其量，它们也只是喀纳斯这个壮美风光大片的铺垫。这中间，有一块石头称其神奇也并不为过。

石头在哈流滩往上三四公里一个凸起的山脊上，恰好离公路不远。上山时你向左看，下山时你向右看，你看到的是一块石头的剪影。石头分上下两个部分，上面像一个跪着的男人，下面像一个仰面躺着的女人。你可能已经明白，这块石头名叫风流石，也有人叫它情侣石。

2008年的夏天，作家刘亮程到喀纳斯游玩，看到这块石头后他十分惊奇，原来喀纳斯还有如此富有灵性的石头。他改动了陆游的两句诗来形容这块石头："花若解笑还多事，石不能言最风流。"还给这块石头寻找到了一个，早在远古时期就被丢掉了的传说。

风流石

既然是传说，故事自然是有人物，有情节，但精彩之处却在结尾。

故事在最后，告诉南来北往的客人，这块神奇的石头很是厉害，具有点石成金的功效。如果男人看懂了这块石头，不敢再有风流的想法，会一心一意守护着自己的女人。而如果女人看懂了这块石头，就像拿到了一把锁住男人心的钥匙，会终生幸福美满。故事的结局，多么美好。

石头本身没有传说，但一个脑子里装满奇思妙想的人，赋予了它一个奇特的传说。从此，这块不会说话的石头也就有了魂魄。

三、草原石人

早些年，第一次看到这么多石人齐聚一堂，我们着实被感动了一场。

那天的天空格外明亮,我们远远看见,几十尊石人静静地站立在这个叫阿克贡盖提的草原上,很是有一点阵势。我们来到石人的跟前,上午的阳光斜照在这些石人的身上,使得它们面部和胸前的轮廓特别清晰。石人们在蓝天和大地间静默无声,它们任脚下草绿草枯、花开花谢,任身边风吹雨打、雪落雪融,在这草原上,已经站立了两三千年,风霜雨雪已把最初细腻的轮廓,变成沧桑的痕迹。

同行的人群里,有一个叫叶尔克西的哈萨克族女作家,她抚摸着那尊叫坎普洛依的高大石人,久久仰望,泪流满面。当时,我们无法理解她的情绪。事后她告诉我们,坎普洛依就是思念老祖母的意思,当时震撼她的情绪来自于时光,来自于草原,来自于母性的博大关爱。我想,她的这种情绪,还应该来自于女性对事物独特而细腻的认识,来自于一个思想者对一个民族漫长演变历史的追念。那一次,现场的气氛感天动地。

草原石人

后来，我知道了这些石人的由来。两三千年前，这些石人本来并不在这里，它们分散在阿尔泰山前山地带的广袤草原上，守护着先辈中英雄的墓地。

事情的经过是，因为要建一个景点，人们用车把石人从四面八方运到这里，目的是供游客观赏。刚开始，几十尊石人被栽放在山坡下，像几十个东张西望的傻子。它们搞不明白，它们在属于自己的草原上，守候自己的主人两三千年，为什么现在的人们要强行把它们押送到这里，让它们面对陌生的游客，强作欢颜。过了一段时间，当它们知道再也回不到原来的守墓地时，每到晚上，草原上常常就会传来幽怨的哀叹声。

叶尔克西听完石人们的遭遇，感慨唏嘘：原来，我们和石人一样，都被人用来逢场作戏了一番。

本来，石人的作用是守望英雄的墓地，我们却把它拿来供生者游玩。看来，让它们回到原来的墓地，才应该是今人最为明智的选择。

我又想起那尊叫坎普洛依的石人，它的意思是思念老祖母。离开了自己的守望地，不知道它对老祖母的思念是否断了线。

四、情侣松

在喀纳斯的沿途，前半程没有树，一律的光山秃岭。只有过了风流石不远处，才会看到路边有了第一棵松树。

在路上遇到的第一棵松树，自然应该叫迎客松，因为它站在了恰到好处的山口的位置。这是一棵西伯利亚落叶松，春夏葱绿，秋天金黄，到了冬季，在银色的世界里，它又成了一棵黑色的剪影。

严格地说，它应该是一个树根生长出来的两根巨大的树干。左边的树干巍峨挺拔，右边的树干婆娑多姿，像一对相互依靠着的情人，因此人们更愿意叫它情侣松。

情侣松没有动人的故事，只是人们看到两棵树长在了一起，觉得是一件特别美好的事情，像一对相亲相爱的人儿。其实也在告诉人们，相爱着的人们也应该像这棵树一样，既然选择了相爱，就应该任凭风吹雨打，至死相守。

这棵孤零零的树在这里至少站立了三百年。三百年里，周围的其他树都消失得毫无踪迹，它们至今还能站立在那里，可见相伴的力量太重要了。如果有一天，一边的半棵被风吹倒了，另外的半棵还能站立多久呢？

但那毕竟是几百年后的事，一棵健康的落叶松尚且至少能活六百年以上，更何况，相拥相爱的温暖，能使生命延长得更加久远。只要不受到人为的侵扰，相信它们能够活得长长久久。

一对情侣手牵着手，站在路边迎候从远方到来的客人，而且伴随他们一路同来的，是阵阵山风和松涛的问候声。那么，他家的后院，到底会珍藏着怎样的风景，你就可想而知了。

五、好人贾登

贾登是个人名，贾登峪是个地名。在图瓦语中，贾登峪是"贾登的家"或"贾登的房子"的意思。

相传很早以前，喀纳斯区域人口稀少，豺狼虎豹等野兽多得成灾，祸害百姓不浅。哪像现在，人类兴盛至极，人是这个世界的主宰，野兽见了人就会四散而逃。那时正好相反，人们谈兽色变。

贾登是喀纳斯这一带的狩猎高手，和很多传奇人物一样，他武艺高强，神出鬼没，很少有人见过他的行踪。他每天积德行善，帮助弱者。在夜深人静的时候，他将打来的猎物分放在那些穷苦的牧人房前，从不计较回报。几十年间，穷人们像感念菩萨一样，感念这位世间的好人。

但世间再好的好人，也都有寿终正寝的那一天。人们在一连十几天得不到救助后，便知道这个好人出事了。寻找了一个月，人们才在一座高山的山洞里，发现了一位白发白须的死者。他身旁放着狩猎的用具，牧人们猜测，这个老人一定就是贾登。

人们感激贾登的恩情，把他抬到一个开阔而美丽的山谷里厚葬。贾登生前没有房子，一生住在山洞中，人们又在坟墓上为贾登盖了一间木屋，让他在死后能有一个安息的场所。这就是"贾登峪"名字的来历。

说来也奇怪，贾登死后，不再有豺狼虎豹前来祸害当地牧人。人们可以大胆地走出户外，在肥美的草原上放牧，生活开始过得富足殷实。

多少年后的一个早上，一个少年被噩梦惊醒。在梦中，他看见贾登在孤身大战一群猛兽。原来，贾登明知自己年事已高，他要在离世之前，和这些野兽达成一项协议，就是以他的死去，换取野兽们对穷人的怜悯。少年梦醒后将梦中情景说与众人听，牧人们愈加感激贾登的恩情。

野兽们信守承诺，从那以后，都去了更远的深山地带。

六、泰加林

过了情侣松，沿途山谷的树就逐渐多起来。而且，愈是往里，树木的种类就愈加丰富。

泰加林

喀纳斯周围分布着的广袤的森林植被,其实就是西伯利亚泰加林在这一区域的充分体现。

泰加林一词最初来自俄罗斯语,专指极地附近与苔原南缘接壤的针叶林地带。最新的研究成果是用这一词语泛指寒温带的北方森林。在北半球的寒温带地区,泰加林遍布北美和欧亚大陆北部,形成浩渺无垠的茫茫林海,构成了世界上最大且最为壮观的森林生态系统。

喀纳斯正是这个庞大的系统在中国的唯一延伸带,它有幸成为西伯利亚泰加林的一个边缘。在喀纳斯生长的泰加林以西伯利亚云杉、西伯利亚红松、西伯利亚冷杉和西伯利亚落叶松等针叶林为主，其中前三种在中国仅分布于阿尔泰山，已被列为国家三级重点保护濒临物种。

喀纳斯的美与众不同，它除了山水之美外，最大的特点就是森林之美。因为它是针叶林和阔叶林的混交林，除了以上几个主要的针叶林种外，它还生长着疣枝桦、欧洲山杨等小叶阔叶林这些稀有的阔叶林种。

成熟和老化的针叶林，最容易遭受雷击而失火，之后新生的先锋树种，就是以疣枝桦和欧洲山杨为主的落叶阔叶林。至少在上百年以后，它们又逐渐被极具生命力的针叶林所替代，从而由阔叶林演化为针叶林和阔叶林的混交林。如此反复。针叶林和阔叶林的混交生长，在喀纳斯就构成了特定的生物地理群落，它们是中国唯一保存完好的西伯利亚泰加林，构成了中国境内不可多得的，充分反映欧洲——西伯利亚泰加林生态系统的代表群落。山火在这一演变过程中，充当着重要角色，这就是自然更新的作用。

森林种类的丰富，也就体现了风景的唯一。所以每到秋季，多种类的森林分布，使得喀纳斯层林尽染，犹如童话王国。

但也有一个问题，如果遵照我们现今人类的意志，长期拒绝山火对森林的自然更新，那么我们后人的后人，欣赏到的山林，可能会是清一色的针叶林。因为我们正在活着的这一代人，没人愿意承担这自然更新的责任。我们要做的，首先是不被今人辱骂，那就只能对山火实施严防死守，尽力看护好眼前的层林尽染。

七、垂直带谱的大山

喀纳斯的每一座山峰，长得都很相似。它们很少有奇峰凸起，而是把肩膀高高耸起，充当着大山的山脊。远眺阿尔泰的山峦，它们就像是一个个躬身前行的男人。

在距今最后一次的地质运动中，喀纳斯和整个地球上所有地区的气候一样，处在一个长期相对稳定的时期，万物生长，四季分明。于是造就了喀纳斯区域的山地特点，气候垂直差异明显，适宜多种植物生长。因而这里植物种类较多，植被类型丰富，垂直带谱明显。在喀纳斯从低山到高山，呈现出不同的植被景观。大体可划分为五个植被带：低山森林草甸带、中山森林草甸带、亚高山草甸带、高山冻原带以及永久积雪带。

有一年春夏之交，我们几个护林人骑马巡护山林，从喀纳斯湖边启程攀登波勒巴岱山峰。一天中，我们几乎经受了反差极大的季节体验。我们从海拔1300米的喀纳斯湖边出发，从低山森林草甸带开始慢慢前进，最后到达海拔超过3000米的高山冻原带。在短短4个小时内，我们就经历了一山四季的气候。

一般来说，夏季的喀纳斯，垂直带谱特点最为分明：低山森林草甸带，绿草葱葱，春暖花开；中山森林草甸带，溪流淙淙，空气温润；亚高山草甸带，嫩芽初发，乍暖还寒；高山冻原带，残雪消融，风起云涌；而永久积雪带，则是一年四季，白雪皑皑。

正是大山的奇特，赋予了喀纳斯特殊的气候地理环境，造就了它不同于别处的生物多样性。明显的植物垂直分布差异，让立体的大山，有了美学的价值。

八、棕熊

喀纳斯多样性的地形和物种结构，为各种野生动物提供了栖息繁衍的理想场所。

棕熊

　　在喀纳斯的丛林山间，现已查明陆栖脊椎动物就有160余种。像北山羊、马鹿、驼鹿、棕熊、雪豹、极北蝰、岩雷鸟、黑琴鸡等，都是国家重点保护的野生动物。

　　北山羊是攀岩的高手，无论多么陡峭的山崖，它都如履平地。但再健跑的北山羊，也难免会成为雪豹的口中之物。雪豹处于喀纳斯食物链最顶端，号称雪山之王。它们常年生活在覆盖着积雪的高海拔山地上，生性凶猛，四肢矫健且动作灵活，轻轻一跃，便可以跳上六七米高的山崖。因此再灵活的北山羊和狍子，都无法躲过雪豹的利爪。动物间的弱肉强食，平衡了这个世界的生态系统。

　　关于棕熊的种种传说，给喀纳斯蒙上了一层神秘的面纱。多年前，电视、网络上大肆宣传的喀纳斯白熊之谜，也着实让喀纳斯为之扬名了一把。但扬名归扬名，科学家最后给出的定论还是白熊就是棕熊在这个区域的个体变异。个体变异无法代替群体的正常进化，棕熊变不成白熊，棕熊最终还是棕熊。人们也并没有因为喀纳斯没有白熊，而对这个区域失去了兴趣。相反，探寻棕熊，已经成为人们到喀纳斯进行科学探险的最佳理由。

棕熊是典型的杂食动物，嫩草、坚果、浆果、腐烂的肉类以及蚂蚁和昆虫，都是它们口中的美食。当地人习惯上把棕熊叫哈熊，它是力大无比的庞然大物。第一次去白湖科考的路上，我们一行就设想着遭遇到哈熊后如何去应对。好在一路忐忑地走去，哈熊的粪便虽然随处可见，却并没有出现什么惊险和意外。而当我们到了白湖湖边，大大小小的熊掌印记，在湖边的沼泽地上更是比比皆是。

有经验的老护林人说，一般情况下，哈熊和我们人类一样，都会尽量回避和对方遭遇。万一人和哈熊在森林中偶然相遇，四目对视形成僵持局面，就是一个令人毛骨悚然的时刻。僵持之下，人的目光必须战胜熊的目光，只有这样，哈熊才会扭头离去。而如果哈熊的目光占了上风，人的命运就可想而知了。

我宁愿相信，这又是人们精神胜利法的一个佐证。通常，熊和人是不可能面对面相遇的，除非人是拿着猎枪在四处寻找哈熊。但熊的嗅觉非常灵敏，只要它闻到了猎人和猎人手中猎枪的火药味，它早就远远躲避起来，消失在人们的视线之外了。正如我们骑马在林中走动，如果前面有熊，马就会嘶叫着不肯前行，无论你怎样驱使它，它都会掉转马头尽快逃离，这是动物求生的本能。其实，这时的哈熊听到了声响，也早就跑得无影无踪了。

棕熊是喀纳斯区域的一方霸主，长期以来，它的天敌，就是我们人类。动物和人类，本不应该是你死我活的关系。动物们离开了人类，会活得更加自由。而没有了动物的世界，人类必定会快速灭亡。

九、湖怪

湖怪是一个不好触碰的题目。讲好了，皆大欢喜。讲不好，会被人嗤之以鼻。但是要讲喀纳斯湖，湖怪一定是个绕不过去的命题。

喀纳斯区域有着自身复杂的动物组成系统。它除了具有典型泰加林群落的动物种类外，还具有冻土苔原带向南扩散的种类，高山及亚高山草甸草原栖息的种类，同时，准噶尔盆地耐干旱的荒漠种类也在不断向区内渗透。

更为重要的是，喀纳斯河是中国唯一的北冰洋的水系——额尔齐斯河的最大支流布尔津河的发源地。河流和湖泊中的哲罗鲑、细鳞鲑、北极茴鱼等冷水鱼类十分珍稀。其中，哲罗鲑就是人们俗称的大红鱼。

提到大红鱼人们不禁要问，大红鱼到底是不是湖怪。喀纳斯湖有没有湖怪，或者湖怪到底是什么，现在谁也说不清楚。但喀纳斯湖的神秘性，确实和湖怪的传说有关。归纳起来，关于湖怪的说法有以下几种。

第一种说法是，湖怪就是大红鱼。持这种说法者大都是专家，但也分成两派。一派认为，所谓湖怪，其实是那些喜欢成群结队在湖中游荡活动的大红鱼。这是一种生长在深冷湖水中的"长寿鱼"，这种鱼和其他鱼相比寿命相对长，体积相对大，而且行踪诡秘，没有经验的人是很难捕捉到它的。而另一派则认为，大红鱼寿命最长可达两百岁以上，身长可达一百五十米以上。两种观点争论的焦点，是大红鱼到底有多大。前者批驳后者，身长一百五十米的大红鱼，在湖水中靠吃什么维持生存，它的食物链在哪里？如果按照后者的说法来推断，其实大红鱼也早就变成湖怪了。

第二种说法是，湖怪是一个让人无法说清楚的神灵。当地的图瓦人坚信，喀纳斯湖里有保佑他们的神灵。因此，当地图瓦人不到湖里打鱼，也不在湖边放牧，甚至当有人问起他们湖怪的问题时，他们也会装作像没有听见一样，不予理睬。图瓦人不愿意相信有湖怪的说法，他们宁愿相信那是他们想象中的湖神。

第三种说法是，喀纳斯湖中确有湖怪。相信这种说法的人，反而是慕名前来喀纳斯的游客居多。他们手拿照相机和摄像机，守候在山顶和湖边，拍摄到了许多真实可信的第一手影像资料。这些影像资料足以显示，喀纳斯湖的确经常有不明水下生物出现。而且它们出现时的阵势之大，激起的浪花之猛，让人们不得不承认，它们如果不是湖怪，更不会再是别的什么东西。一般的鱼类和水鸟，想要在湖中兴风作浪一下，哪会有那样排山倒海的阵势。

游客总是情愿相信，他们不远千里赴约的一定是真实的湖怪。专家们自以为掌握着科学的钥匙，但由于内讧不止，研究总是难有结果。而图瓦人对湖怪的话题闭口不言，自有他们不愿言说的道理。

十、卧龙湾

卧龙湾过去叫"卡赞湖"，翻译成汉语就是"锅底湖"，是取其形状像锅底而得名。名字虽然不是很好听，但却也形象。图瓦人世代深居大山，只见过锅底的形状，没见过龙是啥样。

喀纳斯河从喀纳斯湖一路向下，长期侧蚀冲刷而形成一连串岸线曲折的小型牛轭湖河湾，卧龙湾是最下游的一个，当地老乡认为，它就像一个巨大的锅底。这一段河湾水面开阔，河湾两侧山势陡峭，森林茂密。河中有一水草树木繁茂的沙洲，从岸上看，恰似一条静卧水中的蛟龙。

关于卧龙湾的形成，它应该与一次大地震有关。地震造成了卧龙湾下方的山体塌方，卧龙湾下方河道被束窄，河床抬高，导致上方河面变宽，水流变缓，泥沙在河中沉积形成沙洲，造就了奇特的卧龙湾景观。卧龙湾的迷人之处，在于这湾浅水中那只栩栩如生的卧龙。

这只巨龙，已经在这湾浅滩中熟睡了几万年。几万年间，它经历了无数次的地质灾害，见证了喀纳斯的沧桑巨变。但卧龙本身，依然神采依旧，生机无限。人常说，水不在深有龙则灵，也许喀纳斯就是有了这条巨龙做头，才显得灵气十足，灵光四射吧。

卧龙湾的四季，景色各不相同。春夏之交的卧龙湾，四周的群山和湾中的湖水都是翠绿的，这时正是丰水期，卧龙静静地沉浸在湖水中，像是沉睡在绿色的梦境里。盛夏的卧龙湾，水已不像春夏之交时那么多，整个龙身都浮出了水面，像是吸纳了足够的养分，在乳白色的湖水中自由嬉戏。秋天的卧龙湾，两岸层林尽染，湖水墨绿，龙身则是一片金黄色。当秋风把白桦树的叶子轻轻吹落，整个龙身又镶嵌上了一圈褐红色的金色线条。初冬的卧龙湾则别有一番景致，白雪包裹了群山，四周的山顶是洁白的，卧龙湾深绿色的湖水中，洁白的卧龙素面朝天，显得格外纯净。

有人要给卧龙湾编一个神奇的故事，我却觉得没有必要。面对眼前这样的景致，任何编来的故事，都是那么多余。

十一、月亮之上

卧龙湾形成的同时，月亮湾也出现了。喀纳斯河在大自然神奇的作用力下，形成了一段极富曲线韵律美的河湾，它形如弯月，因而得名。

月亮湾

从喀纳斯湖出来，一向奔腾的喀纳斯河至此波平如镜，柔美静谧。河床边缘有两块脚掌形的草滩，被人们喻为"成吉思汗的脚印"，也有人说是月中嫦娥在月夜来月亮湾洗浴时留下的脚印，还有人说这脚印是周穆王的脚印，传说周穆王曾经在此赴西王母之盛会。这些传说为魅力独具的景观平添了几分情趣、几分神秘，引发人们无限遐想。当然，这些都是后人凭空杜撰的，月亮湾也好，草滩脚印也好，它们都是大自然神奇力量的产物。

月亮湾是公认的完美的美学构图，有人曾开玩笑说，让一个傻瓜拿着相机来拍摄月亮湾，他都会拍出精品来。

月亮湾河水的颜色，也随着季节的变换而变换。初春的月亮湾，是一弯黑色的月亮。到了春夏之交，它变成了蓝色的月亮。盛夏季节的月亮湾，又变成了乳白的颜色。而整个秋季，由于四周五彩斑斓的山林倒映在水中，月亮湾就变成了一只花月亮。那么冬天的月亮湾呢？初冬时节，它周围的群山和河岸被白雪覆盖，就连浅滩中的两只大脚印，也变成了白色，唯有河床上流淌着一轮墨绿色的月亮。及至隆冬，冰雪覆盖了整个月亮湾，它就成了名副其实的银色的月亮。

在月亮湾的对岸，住着一户图瓦人家。他们夏季在左岸的草场放牧，冬季搬进右岸温暖的木屋。游客们都说，这家牧人占据的，是上苍赐予的世界上最美的牧场。有富商多次欲出天价买下那块草场和木屋，修建一处私家庄园，但每次都被友人好言劝阻。天堂一般的场所，凡人哪敢居住。

月亮之上，就从人间到了天堂。唯独他们自己不知。

十二、圣泉

在月亮湾河床东岸的上方，有一口清洌的泉水。当地的图瓦人把它视为神灵恩赐给人间的甘露，因此尊称它为圣泉。

早年，图瓦人骑马路经此处，都会提前下马，在圣泉前恭恭敬敬地站立一会儿，然后牵着马走过一段路后，才能骑马离去。这是先前图瓦人自然崇拜的佐证。

到了后来，在春节到来的前几天，他们仍会早早来到圣泉水边，在山坡的树枝上，系上白色或蓝色的绸带，以求得神灵对他们在新一年的保佑。据说，圣泉的水有一个奇特的功效，就是不孕的妇女只要喝了它，就能怀孕生子。而且是上山时喝生儿子，下山时喝生女儿，要是上山和下山都喝了，就会生龙凤胎。

过去的圣泉，一直是一个露天的泉眼。后来，随着旅游大潮的到来，使得圣泉不再安宁。人们拿来矿泉水瓶子，不停舀起圣洁的泉水，整个白天泉水都难以清静下来。于是，当时的管理者就设想采取怎样的措施，来保护圣泉不被人们弄脏或被往来的牛羊踩踏。早年有一个口碑不错的官员，爱泉如命，愿意拿出一百万元，奖励做一个保护圣泉的最佳方案。但重奖之下，并无勇夫。

时光流转到了2008年，那是夏天的一个早晨，人们忽然发现，过去露天的圣泉，不知是在什么神灵的作用下，一夜之间被一块巨大的冰川漂砾所覆盖。泉水正从巨石下的洞口，汨汨流出。泉水和石头仿佛与生俱来，浑然天成，就像天造地设一般，没有半点人工的痕迹。

人们将这件事情传得神乎其神，祭拜圣泉的游客每天都排起长队。为了表达对神灵的敬仰，人们都会在那块飞来的石头上，供奉面值不等的钱币。

有一个开旅游车的司机，发现了其中的奥秘。只要石头上最先放上的是一张大额钞票，后来的人们必定会出手不菲。于是，司机每天天不亮就来到圣泉边，在石头上放一张百元大钞，躲在林中静候游客的到来。

游客们看到石头上的景象，争相在神灵面前表现出慷慨大方，石头上不一会儿就摆满了百元钞票。在下一拨游客到来之前，司机让石头上留下的又是一张百元钞票。

如此一个夏季，司机的腰包早已满满当当。冬季回到家中休息，他天天夜里被噩梦惊醒。后来他终日茶饭不思，精神飘忽不定。在亲朋好友的劝导之下，他用报纸包了那些百元面额的钞票，捐献给了附近的学校。

十三、神仙湾

神仙湾的名字，应该与它每天早晨云雾缭绕有关。无论是春夏秋冬，还是晴天雨天，神仙湾的早晨总会生出云雾来，而且不停地向上游的喀纳斯湖和下游的月亮湾蔓延。

神仙湾

仙境总是和云雾联系在一起的。雨水少时，云雾会少些，雨水多时，云雾也就会向上下弥漫得更远一些。特别是在雨过天晴的早晨，神仙湾就像是一台巨型的发烟机，将云雾快速地吹送到整个喀纳斯河谷。这时你站在观鱼台上，能看见整个喀纳斯河谷涌动着云雾的海洋。

神仙湾的美，还与它诸多的河心岛有关。在这里，河流早年被下游的泥石流堵塞变宽，河中形成数个小岛，平缓的河谷沿岸形成大片沼泽与草甸。而河的两岸，森林茂密，树种多为落叶松、云杉以及疣枝桦。因此，春夏的神仙湾是一身轻纱绿衣，到了秋天又会换上浓墨重彩的盛装，而到了严寒的冬季，这里又变成了一幅冰清玉洁的水墨画。但不管是哪个季节，云雾总会成为神仙湾的主角。

总有不少的游客，他们喜欢追问神仙湾里的神仙到底在哪里。聪明的当地人就会告诉他，站在这仙境一般的山水中，你难道没有神仙的感觉吗？

是的，神仙湾里本来就没有神仙，但是人们看到如此美妙的仙境，应该有神仙的存在才对，于是才臆造出一个神仙放在这仙境之中。没有了神仙的仙境，自然是俗世凡间。而你的境界到了，虽然身处俗世凡间，你自然也就成了神仙。

十四、云海

云海既是喀纳斯的神秘胜景，又是喀纳斯的常态奇观。要欣赏到喀纳斯的壮美云海，必须要登上高高的山顶。否则，你藏身云海之下，只会感觉到阴云密布。

清晨，如果你置身木屋的窗前，凭窗眺望，浓雾弥漫山野，河谷昏暗阴沉，你一定会错以为这只是一个适合睡懒觉的天气。每当此时，你一定不要迷恋温暖的被窝，寻找偷懒的借口。那云层之上，等待你的，必定是晴朗的天空，火红的朝阳。

当你从阴暗的山谷穿越云海，来到半山腰上，云层开始在你的眼前翻滚四溢，天空变得忽明忽暗，云蒸霞蔚，气象万千。你再努力攀登，来到高高的山顶，你会错以为从人间来到了天堂。如棉似絮的云海在你脚下不停地翻腾涌动，溢满了喀纳斯河谷。这时河谷中流淌的不再是河水，分明是满山谷银色的青雾。

云海

就在太阳从东边的山头突然跳出的一刹那，阳光像千万条金线喷洒开来。群山被照亮了，云海被照亮了，就连人的情绪也被这万物之源照射得通体透亮，没有半丝愁苦和阴郁。云海在阳光下快速变换，四处冲撞，像波涛奔涌的大海。

雾锁黎明时，日出云雾开。当太阳离东方的山头越来越高，河谷的云雾也开始风卷云舒，快速向四周逃离，最后匍匐弥漫在远山近岭的山头，它们就形成了山尖上的云。这时，山谷中的景致也敞敞亮亮地呈现在人们的眼前。而俯瞰眼前的喀纳斯湖,她更像是如梦初醒的仙女,正半推半就、半遮半掩地扭动着婀娜的腰身,在大地上睡眼惺忪地梳洗沐浴,准备翩翩起舞呢。

壮丽的云海,在沐浴着喀纳斯山山水水的同时,也在把人们的心灵轻轻涤荡。

十五、彩虹

喀纳斯是离彩虹最近的地方。每当出现彩虹,喀纳斯的人们总会自豪地说:喀纳斯嘛,这里可是彩虹的故乡。

在喀纳斯区域,由于特殊的自然环境,雨后能看到艳丽的彩虹是常有的事儿。无论在草原,还是在山巅,或者是在湖面,只要是在雨后,随处都可能看到天空中那飞架南北的彩虹。有时候,你正在驱车前行,猛然抬头或者蓦然回首,一道绮丽的彩虹就横跨在你眼前的奇山丽水之间。如果你是站在喀纳斯湖之上,或是双湖之上,甚至是白湖之上,你看到的,那一定是横跨两岸的双道彩虹,它们的背景是洁净的湖面、两岸的群山和对岸的雪峰。每当看到这样的景象,都会让人不由地疑惑,自己到底是在梦中,还是置身于现实。

一般来说,彩虹的大小高低取决于太阳照射的角度。通常情况下,太阳当空的中午是不可能出现彩虹的。太阳斜射的角度越低,彩虹就会越高,所以,最漂亮的彩虹往往出现在傍晚时分。彩虹又是跟着人们的脚步移动而形影相伴的,在你正面前方所看到的彩虹中心一定是和你及你身后的太阳在一条直线上。从这个意义上讲,彩虹是可以被人追逐的,同样是一道彩虹,你站在了不同的位置,彩虹也会跟随你的身影变换着位置。在喀纳斯,追逐彩虹，是一件非常开心快乐的事情。你想把彩虹放在某个景物的上方，你只需要在彩虹出现时快速跑到这处景物的前方，这处景物一定会笼罩在七色的彩虹之下。

都说，风雨过后是彩虹。无论你的人生经历过多少风风雨雨，碰到过多少磕磕绊绊，来到喀纳斯，看到这壮美的彩虹，它会成为你梦想重新开始的地方。

十六、草原

喀纳斯的草原，不是一望无际的那种平原草原，它是有韵律的起伏不定的山地草原。

其实，不管什么事物，都讲究个曲径通幽。有了沟壑就有了起伏，有了层层叠叠的山峦，就有了幽深。喀纳斯的草原，就是这样的神秘而又博大。

起初，在喀纳斯的前山地带，草原和花海是相伴生长的。这里特殊的地理环境，容不得草原缓慢生长，鲜花四季开放。因为牛羊很快就会到来，它们必须快速生长和开放，才能展现出自己短暂完整的一生。这恰好造就了喀纳斯沿途早春无比灿烂的色彩。草原刚刚泛绿，鲜花就已经开放。而且，这早春的景色一定是一天一个模样，它们会把春天的脚步一步一步地向后山推进。于是，春天像唱歌的孩童，率先奔跑在通往喀纳斯的山路上。在这里，没有丰茂的草原，就没有娇艳的花朵；没有鲜花的相伴，也难显草原的生机勃勃。

后来，当草原生长成为绿毯，花海铺满河谷和山岭，牛羊和毡房就会成为草原的主角。有了牛羊的食草声音，有了毡房的袅袅炊烟，草原才会成为一幅具有生命韵律的生动图画。喀纳斯的沿途，多半为春秋过渡牧场。所以，你看到的是游动的畜群和牧人不断迁徙的身影。春来上山，秋来下山，他们总是在不停的游动之中。

只有到了高山之巅的夏牧场，牧人们才会放心地安营扎寨，陪伴牛羊尽情享受水草丰美的短暂夏季。大山深处的牧场，不会像前山的草原那样急着生长，它们有足够的时间，把自己生长得花繁叶茂，嚼劲十足，把受尽了转场之苦的牛羊，催生得膘肥体壮。

但是，无论多么肥沃的草原，一旦受到过多的索取，它也会变得苍凉和衰老。人们应该为此尽早警醒。好在，分明的四季，总会让过分劳累的草原，有着六个月休养生息的时机。

十七、水下森林

水下森林在喀纳斯湖的一道湾湖底，森林形成时，喀纳斯湖还没有今天这样大。

最早的时候，处于冰川期的喀纳斯肯定没有森林生长的条件，气候和地质条件都不会允许，因为没有温度和土壤做保障。慢慢地，刚刚孕育形成的喀纳斯湖，经历了许多次冰川刨蚀和堰塞后，气温逐渐变暖，森林缓慢生长，喀纳斯便到了一个相对稳定的时期。

后来，在离我们最近的年代，喀纳斯湖又经过地质运动再次堰塞，冰川后移水位上涨，湖岸的森林被上涨的湖水淹没，最终形成了现在这样规模的喀纳斯湖。

每年的五月，喀纳斯湖水位较低且清澈透明，你乘船到一道湾湖心的浅滩处，便能看到水下有成片完好的西伯利亚落叶松的巨大树干。它们在被淹没之前，至少生长了几百年。

但也有跑偏的专家，他们一心想研究水下森林是如何在水下生长的。但研究了很久，最终没有结果。喀纳斯湖底部没有陆地生物所需的阳光、温度及呼吸条件，不具备大型乔木生存的起码条件。但专家非常明白，如果他们研究出了松木在水底生长的成果，接下来就会有研究不完的课题，比如这片森林如何在水中死亡，死亡之后为何不会腐烂，为何没有新的森林生长，等等，等等。总之，专家们会有终生研究不完的课题。

在喀纳斯湖边生活的图瓦人，他们是真正的万物专家。他们的先人最早用独木舟划到喀纳斯湖的湖心，看到了死去上万年的树干，就有了建造木屋的灵感。他们发现，落叶松的木质非常特殊，在松树生长的壮年，突然被上涨的湖水淹没在水底，它们长期浸泡在冰冷的湖水中，木质不但不会腐烂，而且会变得异常坚硬。

图瓦人的祖先从水下森林得到启发，他们在森林中挑拣上好的落叶松，砍伐去皮，再放进喀纳斯河水中至少浸泡一年。这样盖出的木屋，至少可以使用一两百年，供好几代人居住。

十八、观鱼台

观鱼台过去叫观鱼亭，始建于1987年，2009年改建竣工后才叫观鱼台。在山底湖面仰望观鱼台，它正像是一个端然安放在西山之上的香火台。如遇天空有云雾缭绕或晚霞夕照的景象，香火台上便是云蒸霞蔚，满眼祥云仙气弥漫其间。

观鱼台是到喀纳斯旅游行程中的那个惊叹号。不登观鱼台，不足以领略喀纳斯美景的极致；不登观鱼台，更不足以感悟人生的真谛所在。

观鱼台是观赏湖怪的最好去处。喀纳斯湖历来就有湖怪出没的传说，无数中外游客为这不曾谋面的奇怪之物纷至沓来，要一览它的容貌。喀纳斯湖到底有无湖怪一直是一个争论不休的话题，但有也好，无也罢，总之这个话题不光不让人反感，还十分地诱人。而且，最近一些年的影像资料一再证实，喀纳斯湖中确实有不明水生物经常出现在湖面，它们或成群来回游动，或单体跳跃潜伏，这都是不争的事实。也有湖怪就是大红鱼的说法，但不管是怪也好，是鱼也罢，如若湖中真有湖怪它的悬疑的卖点自不必说，假若真无湖怪，那么大红鱼能活到几百年身长数十米，它自然也就成了湖中之怪了。

观鱼台

观鱼台是观看佛光的理想场所。云海佛光是喀纳斯的经典圣景之一。观看佛光，是要有先决条件的，必须要在通往观鱼台的山脊之上，必定要在雨过天晴、云雾弥漫之时，而且最要紧的是要在清晨或是在傍晚。观看喀纳斯佛光，必定要有佛缘，既要有气象条件，又要有随缘的时机。佛光，其实就是太阳照射在人身上后投放在云雾之中的身影，但这身影，是七色的彩环，彩环之中的佛像就是观看者自己。在山脊之中，一面的阳光越强烈，另一面的云雾越浓密，佛光的影像就越清晰。新的观鱼台建成后，我有幸先行登台观赏，其时正值云雾缭绕于其间，我逆光仰望，只见观鱼台上紫气东来，佛光高照。这又是一个新的发现，可见观鱼台的选址和修建感应了神灵。我以往对于佛光的认识，又有了新的感悟。

观鱼台是体会生命的绝佳圣地。我曾不止数十次登临过观鱼台，每次登顶，对于自然，对于生命都会有新的认识和感受。较之于个人，喀纳斯湖太博大了，喀纳斯湖周围的群山太雄峻了。十三亿中国人太多，但喀纳斯湖能够蓄积着每个中国人四方多的清水。而喀纳斯湖周围分布的三百多个大小湖泊，两百多条壮丽冰川，又蕴藏着何等强大的能量呢！我曾经站在观鱼台旁的一棵小树下，它的身高比我高不出许多，但在我还没出生时它就已经来到了这个世上，几十年后当我离开这个世界时它依然还在这里生长。一个人活不过一棵树，这是千古不灭的朴素真理。那么，站在观鱼台上，好好看看眼前这壮美的河山吧。这山川河流，不仅会洗去你一路的风尘，更会让你把过去的一切忧愁烦恼，都归于零。

十九、佛缘

图瓦人信仰藏传佛教，他们所居住的这片山水，是一个和佛有缘的地方。

早些年，一个内心信佛的人士，来到喀纳斯游玩。在一个云雾缭绕的清晨，他攀登喀纳斯湖西岸的骆驼山。当他攀登到山脊时，云海正从他的脚下飘浮涌动。太阳从东方的山岭普照而来，云雾马上蒸腾而起。他看到西面的青雾之中，一团紫气缓缓凝聚，最后形成一轮清晰的"佛光"。于是，他口中念念有词，心中充满对佛的景仰。

"佛光"是佛门信徒对大气中产生的一种奇妙光学景象的称谓，学名叫"宝光"。喀纳斯佛光只有在有云雾的天气里才能见到，佛光的出现时间，取决于太阳照射的高度，更取决于水平视线下云雾层面的高低。早晨，太阳由东向西照射，西边云雾上就会出现佛光。下午，太阳由西向东照射，如果是雨过天晴，喀纳斯湖面上雾气弥漫，也是观赏佛光的最佳时机。有了这样两个机缘，你站在山脊之上，面朝云雾，背向太阳而立，你会看到云雾上出现人的身影，在影子周围环绕着一个七彩光环，这就是喀纳斯佛光。

喀纳斯佛光

　　喀纳斯的佛光，只要是云雾天气，有阳光照射，随时都有出现的可能，只是你有没有在恰当的位置看它而已。但不管什么人什么时候看到了佛光，那光环当中的人影，一定是看到佛光的那个人自己。那时候的你一定是神清气爽，飘飘欲仙，真正达到了我即是佛，佛即是我的境界。

还是那位心中信佛的人士，在2008年的秋天，他再次来到喀纳斯游玩。这一次，他在喀纳斯湖二道湾西岸的山崖上，发现了一个巨型佛像石。佛像头高约一百米，宽约五六十米。他立于船首，静静观望这尊佛像，内心充满慈悲情怀。从那以后，他每年都要穿越万里，来到喀纳斯湖边居住一段时间，不为别的，只为心中那连绵的佛缘。

这件事在喀纳斯被传得神乎其神。人们纷纷跑到湖边，也想看看那位神秘人士看到的景象。有人一眼就看到了湖对岸的巨大佛像，而有人无论怎么看都还是一块山石。当有人因看不出佛像而口出怨言时，一个开船的图瓦青年开口了，他告诉来看那块石头的人，你不要用眼睛看，你只要用心看就行了。

图瓦人在喀纳斯湖边居住了几百年，他们的高明之处，不在于眼睛所见，而在于心中有佛。

春天游走在草原上

ChunTian YouZouZai CaoYuanShang

在通往喀纳斯的山路上，有一处叫阿克贡盖提的地方，哈萨克语是阳坡的意思。在它的后面，是哈拉贡盖提，为阴坡之意。在阳坡和阴坡之间，隔着一道山梁。

每年开春的四月下旬，阿克贡盖提草原上的积雪总是早于哈拉贡盖提融化。原因很简单，阿克贡盖提处在山梁的南面，是阳坡，阳坡的雪总是要早早融化掉的。而哈拉贡盖提处在山梁的北面，不仅海拔高，还是阴坡，由于阳光直射不到阴坡，积雪融化的速度自然要比阳坡缓慢许多。

阳光普照的阿克贡盖提，在积雪刚刚融化时，嫩草就迫不及待地破土而出了。在这里，你看到的早春景象是，远山还覆盖着苍茫的白雪，落叶松还是冬眠中的黑森林，但脚下已经是铺满了翠绿野草和片片金黄野花的山野。这就是阿尔泰山的春天，青草追逐着雪线向北方的大山退去，残雪在不停地为春天让道。随后而来的，是河谷间牛羊的接踵而至。

顶冰花是整个喀纳斯区域的报春使者，她最早呈现给大山以春的姿色。通常，顶冰花的嫩叶还在雪水中就蓄势待发了，它像是水彩画的底色，先是在朝阳的山坡上大片大片地涂抹上娇嫩的绿色。随后，黄色的六瓣花朵也不甘示弱地在草丛中张扬开放。原野上漫山遍野的嫩绿青草，加上层层叠叠的金黄色花瓣，构成了一幅清清淡淡的早春图画。

和顶冰花结伴生长的是一簇簇招摇的牡丹草。牡丹草和顶冰花一样，都属于先锋植物，生长在早春，它们都是顶着冰雪开放的花草。顶冰花的草比花要茂密，牡丹草的花比草要强盛。阿克贡盖提特定的生存环境，造就了顶冰花和牡丹草会在这个早春时节大面积生长。

阿克贡盖提的春天比任何地方都来得早。所以，每年五六月间就会有几十万牛羊在这里度过春天。而到了秋天，从深山汇集而下的牛羊又会聚拢在这里度过晚秋。年复一年，阿克贡盖提草原早已不堪重负。再好的草原，也经不起牛羊的千百次啃食。

但牛羊每年初春依旧会如期而至，它们渴望丰美的水草填补被漫长冬季吮空的身躯。这时，顶冰花和牡丹草们就充当了救世主的角色。为了能够在大自然中呈现自己完整的一生，顶冰花和它的伙伴们不得不在牛羊到来之前快速生长，闪电般开花。它们在用自己昙花一现的短暂一生，给牛羊提供拯救生命的早春食物。

阿尔泰大尾羊

于是，每年初春，阿克贡盖提草原总会以它表面的光鲜，掩盖着已经伤痕累累的身躯。大自然总是以自己的宽容，释放着对人间的博爱。

哈拉贡盖提就不同了，虽然只隔着一道山梁，但春天却像隔着一座大山那么遥远。这就是喀纳斯山区的气候特点，一山有四季，十里不同天。你坐在车上，刚才还是山花烂漫，翻过一个山梁，看到的却是残雪连片。

在哈拉贡盖提，好的景致恰是这残雪连片。残雪连片是哈拉贡盖提草原春天的名片，精美绝伦。

一条公路沿西侧的山坡朝北而上，向东是一片开阔的谷地。春风和暖阳被前方的山梁阻挡住去路，这里的春天和阿克贡盖提相比，也就一下子逊色了不少。山坡由西向东顺势而下，远远望去，形成了一道道倾斜的仿佛皱褶似的坡梁。坡梁的南面是刚刚融雪后吐纳新绿的草地，坡梁的北面是还没有来得及融化的积雪。就这样一道草地接着一道积雪，一道积雪连着一道草地，它们像无数条倾斜的五线谱，弹奏出哈拉贡盖提春天蹒跚而来的旋律。

　　有经验的护林人会告诉你，这一道道积雪景观的形成，除了这里特殊的山坡地势外，还有一个重要的成因，那就是哈拉贡盖提冬季的大风。在喀纳斯区域，大部分山区冬季虽然寒冷，但却无风，唯独哈拉贡盖提这一个狭长的盆地会经常刮风。大风将坡梁上的积雪填平到一个个坡梁的沟底，反复填压，沟底的积雪往往会比坡梁上的积雪深几米甚至十几米。当春天的脚步慢慢逼近，积雪开始消融，一道道坡梁上的积雪总会最先融化。于是，就形成了无数个叠加的五线谱的奇观。

　　也有人把在哈拉贡盖提看到的这道景观叫作雪梯田，虽然不很形象，倒也表达了另一种由衷的赞美。无论是五线谱还是雪梯田，它总是代表了春天那大步而来的势不可挡的生机和希望。过不了多少天，哈拉贡盖提草原一定会和它前面的阿克贡盖提草原一样，嫩草和鲜花会把大山和谷底整个覆盖。

　　其实，阿克贡盖提和哈拉贡盖提草原春天的奇特景观，本身就是整个喀纳斯乃至阿尔泰大山春天的缩影。如果你把自己放到空中来看这片神奇的大地，你一定会惊奇地发现，随着海拔的起起伏伏，阿尔泰山脉的每一座山峰就是一条凸起的洁白曲线，每一道山谷就是一条深陷的绿色飘带。在喀纳斯的阳光雨露下，阿尔泰大山的春天，就是一曲旋律流畅的春之乐章。

　　在这里，春天正游走在草原上。

松树花开

SongShuHuaKai

西伯利亚泰加林生长在喀纳斯湖的两岸，它们像威武的士兵，环抱着这个深藏在阿尔泰大山深处狭长的湖。

进入四月，湖面依旧冰冻三尺。积雪一点点从湖边向两岸的山坡退去，越往高处，融化的速度就越慢。到了五月初，白雪依旧占领着四周的山顶。

但湖畔的生灵们已经没有足够的耐心了，它们迫不及待地在春风里探头探脑，伺机寻找各自萌发的可能。野草最先从枯黄的干草丛里发出新芽，让铁灰色的山体萌生出一丝丝绿意，像极了水彩画里一片片淡绿的底色。时间越久，这底色愈浓。它们似乎在告诉人们，只要给我一点春风和暖阳，我就会快乐地让大地涂满春天的色彩。

泰加林是阔叶林和针叶林的混交林。阔叶林自不必说，在这早春时节，白桦树和欧洲山杨依旧打着瞌睡，不愿早早醒来。松树是整个针叶林的统称，它的家族有云杉、冷杉、西伯利亚红松和落叶松。前三种松树四季常青，它们不落叶。只有西伯利亚落叶松春来发芽，秋来落叶，它和喀纳斯的群山大地一样，有着四季分明的显著转换。

在春意萌动的喀纳斯，人们通常最看不上落叶松，它光秃秃的树干上只有交错的灰褐色的干枯树枝。它们虽然也在孕育着春意，春芽萌动，但表面却是不动声色，默默无闻。

云杉很会讨大地的喜欢，只要过了严冬，它就会把太阳的温暖迅速吸收到每一根神经，周身散发出光亮的新绿。在初春的北方林海中，云杉塔形的树身最为耀眼，它们抖擞着旺盛的春意，把残雪映衬得一片煞白。无论你来自何方，只要你看一眼浑身散发着生机的云杉，不管它周围的森林沉睡得多么香甜，你都能断定，春天已经不可阻挡地扑面而来。云杉在冷酷的山岭中，最先向大地发出春天的信号。

冷杉不同于云杉，它们不光树形不同，颜色和味道也不同。如果说云杉像塔，那么冷杉就像伞，它把婆娑的树枝披向大地，成为野生动物躲避雨雪严寒的理想场所。冷杉还有一个不太好听的俗气名字，叫作臭松。臭松的味道自然比不上其他松树好闻，但也不至于臭。早年，伐木工人在林中伐木，最不喜爱冷杉。其他松树不光木质坚硬，而且个个都奇香无比。唯独冷杉木质松软，不成材料，被人丢弃不用，自然就成了臭松。后来实行了天然林保护，不再允许伐木，人们也就渐渐忘记它还曾经有过一个远离芳香的名字。于是，冷杉就乖怜地躲在云杉身旁，一起充当迎接春天的伙伴，尽管它的肤色没有云杉绿得那么轻盈。

松树花开

　　西伯利亚红松是泰加林中的娇贵树种，因为每一撮松针都是五根，所以也被称为五针松。五针松往往不愿意与其他树种为伍，生长在海拔更高的河谷地带。五针松和其他松树的区别是，它的松塔奇大无比，大的足有人的拳头那么大。大的松塔结出的松果自然也大，不光松鼠和林中的鸟儿喜欢吃，就连人类也不愿放过它们。于是，五针松就越长越远，越长越高，远离人类，以保持自己清高的品质。五针松走得越远，它离春天的距离也就远了一程。好在它四季保持着葱绿，而且大都树干粗大，水分充裕，春

松树花开 | 37

天一来，它就吐绿发枝，把被耽误的时间早早地追了回来。

初春时节，喀纳斯湖周围的山林一片沉寂，偶尔可以听到湖面冰层开化的断裂声。这清脆的冰湖开化的声音传向两岸的森林，似乎在告诉两岸的生灵们春天的脚步已经临近。于是，松树们开始竞相开花。

所有的松树都会开花，只是它们开出的花朵的形状各不相同。当别的松树都换装完毕，整齐恭敬地为湖水站岗放哨时，落叶松才开始退去旧枝，重新发芽。它在吐纳新绿的同时，开放出诱人的花朵。而我所独爱的，正是这落叶松开出的花朵。如果说其他松树是在为延续生命而开花，那么落叶松则是在为展示自己独有的美丽而开花。

在春寒料峭的山野里，徜徉于喀纳斯湖畔的森林中，最为抢眼的一定是落叶松开出的花朵。它们像一个个毛茸茸的粉红小球，正悄悄开放在落叶松略显干枯的灰褐色枝头。你可能想象不到，在铁灰色森林的背景里，落叶松的花朵竟然是那么的鲜亮红润，夺人眼球。这似乎和整个环境不很协调，但它的确是早春赐予这大地中最为抢眼的一笔。站在这冬末初春的湖畔山林里，夕阳斜下，落叶松的花朵像星星点点的粉红果实，布满枝头，悄然争春。

当然，这粉红色的娇嫩花朵一定是落叶松的雌花。落叶松和所有的植物一样，有雄花和雌花之分。通常，雄花会高调地开在树身的上半部，雌花则谦逊地开在树身下端的枝头。为了让雌花能够从容地授粉，雄花情愿开放在高处，把自己高贵的花蕊藏匿起来，好让娇艳硕大的雌花充分展示丰满甘润的花瓣，尽情接受从树顶纷纷扬扬落下的花粉的滋润。受了粉的雌花，它们会收紧开放的花瓣，慢慢成长为饱满的松塔。松塔是松花开放的延续，松塔本身就是一朵美丽的松花。

松树开花的时节，喀纳斯的春天就真正地到来了。

花 草 记

Hua Cao Ji

在喀纳斯生长着的野花、野草不计其数，它们会从春天一直竞相开放到入冬。因为每种野草都会有它的花瓣，所以我们习惯上把野草叫作花草。只不过这些野草开出的花瓣有大有小，大的可以大到极致，小的则会小到若隐若现。而每一种进行着的草长花开，都有它生长的原因，开放的理由。

在喀纳斯最早开放的花朵，应该是顶冰花。顶冰花一开，意味着喀纳斯春天的开始。但更能够代表喀纳斯山川大地春天来临的，还是要属雪报春。雪报春不同于顶冰花，它们绝不会开在低矮的山谷，而是要开在高山之巅。雪报春，顾名思义，就是在雪中就开花报春了。在初春最早的时节，阿尔泰山的大半个躯体还被大雪覆盖着，只有山梁南坡的积雪被春天的阳光刚刚融化，这时，这种报春花属的花草，便像不安分的婴儿，迫不及待地钻出喀纳斯的黑土地，任四周的野草还在枯萎或者刚刚萌芽。你可以

报春花

想象，雪报春，这时的雪报春，已经雍容华贵地盛开在自己的莲花形座叶之上，花朵似一团紫色的火焰，向远处的雪山报告喀纳斯的春天已经来临。之后不久，随之而来的，便是喀纳斯层出不穷的花开花落。

喀纳斯气势磅礴的春天，要等到金莲花盛开的六月。金莲花和其他在喀纳斯区域生长的花草不同，它多生长于较湿软的草地中。这个草地一般是指山谷之中的大草滩。所以，金莲花要开就会开个漫山遍野，气势恢宏，它绝不情愿星星点点地开放。金莲花一般六月初就开始陆陆续续地开放，六月中下旬花开得最旺。这时，你站在山谷之中，金黄色的花朵密密麻麻地铺展到远方，与绿草蓝天以及山顶上的白雪形成极为鲜明的对比，构成了一幅美妙无比的画卷。阿尔泰金莲花是最能代表喀纳斯区域特点的花草，提起金莲花，人们就会想起喀纳斯。与喀纳斯区域的大多数花草一样，金莲花也是一种中药材，当地人感冒发烧，取它的少许花瓣冲泡饮用，据说清热解毒、舒经通脉的功效还不错。但再旺盛的花草都经受不住过度的采摘，商业化最终会给优美的生态环境带来极大的破坏。

在喀纳斯，与金莲花齐名的，应当非野芍药莫属了。因为野芍药花朵硕大，华美艳丽，形似牡丹花，所以人们通常又叫它野牡丹。野芍药为多年生草本，常生于海拔1000米～2100米的山地林下及山坡草地。每年七月，你来到喀纳斯前往观鱼台，要途经的百花园就是野芍药最为集中开放的区域。野芍药花冠生于茎顶，花瓣呈紫红色，但也有很少一部分变异为白色。开白花的野芍药十分珍贵，少之又少，一般情况下很难遇见。告诉你一个小小的秘密，冬虫夏草在成虫存活期，就是靠啃食野芍药的根部而成长的。随着夏季的到来，幼虫受到真菌感染而逐步木质化，形成了我们所见到的冬虫夏草。但要提醒你的是，喀纳斯是国家级自然保护区，在这里，严禁任何形式的乱采滥挖。

还有一种和冬虫夏草生长有关系的植物，在喀纳斯区域也极为多见，那就是柳兰。柳兰属柳叶菜科，辨认它非常容易，它的叶子极像柳树的叶子。在一枝像柳树枝条的细枝条顶端，长着长串状的紫红色碎花。柳兰多生于山坡之上，成片生长，成片开花且花期较长。植物学家告诉我们，柳兰和野芍药都喜欢生长在土壤肥沃的地方，所以这两种植物较多伴随生长，在这两种植物伴生地带的土壤中，冬虫夏草这种药材出现的概率也就会更多。另外，还有一种现象值得注意，柳兰是一种先锋植物。当原始生态遭到破坏后，柳兰就会挺身而出，它们会从第二年开始，在被毁的土地上大面积地疯长，防止水土流失，直到那片土地恢复到原始的状态。这也是在喀纳斯这个区域，大自然自我修复和维护生态的良好佐证。

在喀纳斯生长的大多数花草都有其药用价值，厚叶岩白菜便是其中之一。厚叶岩白菜是虎耳草科多年生草本植物，生长于海拔1000米～3000米的石质山坡和林间空地中。这种植物叶片厚实，光滑翠绿，而它的五粒紫红色的花瓣更是晶莹剔透、俏丽诱人。厚叶岩白菜仅分布在阿尔泰山区，根可入药，止血止咳。据说该植物的茎叶中含有一种致幻剂成分，人误食后会产生幻觉。在喀纳斯流传着这样一个故事，很早以前，几个放牧的牧民在山顶放羊，休息时聚拢在一起把自家带来的奶酒拿出来一起饮用。有一个青年看到岩石上生长的岩白菜秀色可餐，就随手揪下几片叶子用作下酒。不一会儿，小伙子便醉眼蒙眬，不省人事。依稀间小伙子仿佛误入人间仙境，亭台楼阁，美女如云，自己置身其中飘飘欲仙。醒来后，讲与旁人听，皆笑其醉酒胡言，痴心妄想。

有一句玩笑说，生长在阿勒泰的牛羊很幸福，因为它们吃的是中草药，喝的是矿泉水。如果用心看一看当地牛羊吃的这些花花草草，你就会认为这句话说的一点都不为过。简单地列举几种常见并且具有药用价值的花草：

阿尔泰独活，伞形科植物，多年生草本，花瓣白色，复伞形花序，叶片大而茎单一，且极高，有1米～1.5米高，在草本植物中算是鹤立鸡群了，有发汗、镇静、收缩血管之用。

野罂粟，一年生、二年生或多年生草本植物，花四瓣状，色泽较艳，在喀纳斯主要是黄色，也有白色和少量红色，属先锋植物，果实成熟后流出的浆液是制作海洛因的原料，故禁止采摘。

欧洲菘蓝，十字花科，黄花绿叶，它的叶子就是有名的奥斯曼染科，它的根可入药，大名鼎鼎的板蓝根冲剂就是从它的根中提炼出来的。

红景天，多年生草本，生长于1800米～3000米的石质山坡和高山草甸，根可入药，滋补强壮，健脑益体。

多刺蔷薇，观赏性植物，花可提取芳香油，果可提取维生素C，花果根部都可入药。

红果越橘，杜鹃花科，解毒利尿，果实治疗肠炎有奇特功效，花尾榛鸡尤其喜食此果。

牛至，唇形科，药用价值是发汗解表，调和暖胃，当地人喜欢将其叶子阴干泡茶，味甘香甜。

此外还有很多，举不胜举。

喀纳斯的花草不光对人有药用价值，有些对牲畜也有祛病强身的作用。阿尔泰藜芦就是这样的野生珍稀植物。藜芦属百合科，多年生草本植物，茎高50厘米～100厘米，生于海拔1500

米～2500米的山地草甸带，植株全株可入药，有杀虫作用。由于在山甸间大面积生成并且形状酷似棕玉米，人们习惯上称其为野苞米。在喀纳斯，家养的马匹在山间食草，它们在尽情享受野生牧草美味的同时，时不时要啃食一口身边茁壮生长着的藜芦。动物专家说，藜芦有防止蚜虫及红蜘蛛的特效，啃食藜芦是牲畜自我防疫的本能。通常，家养的马匹在吃几十口牧草的时候，就会吃几口杀虫的藜芦。它们清楚，吃多了会食物中毒，吃少了起不到防止蚜虫的作用，所以草药的剂量它们把握得很准。在这一点上，牲畜自我保护的意识有时要比我们人类强。

在喀纳斯的密林深处，还有一种让野生动物情有独钟的花草，那就是鹿根。鹿根是多年生草本植物，生长在海拔1600米～1800米之间，植株高约60厘米～100厘米，叶片有毛刺，花瓣呈球状。药用价值为滋阴补肾，可提高性功能。当地的牧民流传着一个马鹿交配的故事。每年九月，正是鹿根草成熟的季节，也是马鹿的发情期。公鹿将母鹿成群地赶到山间河谷地带，禁止它们乱跑，将它们占为己有。公鹿会连续多天啃食鹿根草，同时禁止母鹿喝水。当公鹿积蓄了足够的能量后，它便将母鹿赶到河边，母鹿们见到河水后便不顾一切地冲到河边。这时的公鹿性情激昂，口吐白沫，吼声震彻山谷，冲向正在喝水的母鹿群。当地有人听说这个故事后，也偷偷地采摘鹿根草，把叶子晾晒后熬成汤药来喝，据说还很有功效呢。

不是所有的花草都有药用价值，在喀纳斯，有一种花草可以专门用来制作香料。这个花草就是荷兰芹。荷兰芹为多年生草本，叶片形似胡萝卜叶，手搓后有胡萝卜的清香，开小碎白花，种子成熟后带有香味，可提炼香料。早在18世纪，在一些中亚国家，只有达官贵族才能享用得起孜然那样的名贵香料，平头百姓只能是望而却步。相传，当年一位中亚客商沿丝绸之路到中国经商，路经阿尔泰山看到满山遍野香气扑鼻的荷兰芹时，误以为这就是中亚人梦寐以求的孜然，他大发感慨，难怪中国如此强大富庶啊，连如此珍贵的香料在这里都会遍地野生。于是他大量收购荷兰芹，运回中亚销售。这也许只是一个笑话，但现今在巴基斯坦等一些中亚国家，一部分人确实在把荷兰芹的种子磨碎后作为香料在使用。荷兰芹作为香料，也许没有孜然那么浓烈，但它毕竟满足了一部分穷苦人的需求。

在喀纳斯，有一种花草可以制成乐器。它的学名叫二色藁本，伞形科，植株高80厘米～150厘米，茎中空，叶片芹叶状，聚伞形花。说了半天可能你还不太明白这是何物，但我要告诉你"楚吾尔"三个字，你就会知道这个花草对于喀纳斯来说是多么重要了。当地图瓦人把这个植物叫作"芒达勒西"，他们把成熟的植物茎干晒干，去两头留中间部分约一尺多长，茎干的下部刻三个孔，"楚吾尔"这个乐器便算做成了。图瓦人用"芒达勒西"做出的"楚吾尔"与其他北方民族的"楚吾尔"最根本的不同在于，它所发出的声音是草木之音，有苍凉悲伤之韵。这可能与图瓦人神秘的身世有关。我本人最推崇图瓦人用草木之干做成的草木乐器发出的草木之声，因为从这个声音里，我们可以听到远古北方草原上那真实的声音，能使我们想起那个透着悲凉之声的渐行渐远的胡笳十八拍。而这一切，要感谢这个叫二色藁本的看似平常的花草。

最后，我想讲一种一般人很难有机会看到的花草。因为它生长得太高太远，需要骑马在喀纳斯至少走上两三天才能看得到，这就是西伯利亚大花耧斗菜。它生长在海拔1600米～2600米的高山砾质坡地、山地沟谷和阳坡草地之上，是多年生草本，花叶宽大、辐射对称，呈深蓝色，美丽可人。第一次看到大花耧斗菜，是在前往友谊峰的途中。当我们历经艰辛翻越果戈习盖达坂后，第一眼看到的，便是这样一种奇特的花草。在我们的眼前，是一片深蓝色的花的海洋。在八月阳光的照耀下，在高山之巅，大花耧斗菜一望无际地向远山铺展开去。清凉的山地微风拂动，使得眼前的花海翻动着一层接着一层的波浪。我在想，也许只有在这一块净土上，才能有幸看到如此圣洁的花朵吧。

　　我在这里说到的，只是十几种在喀纳斯常见的花花草草。在喀纳斯，能叫上名字的花草，就有八百余种。那么叫不上名字的花草又有多少种呢，现在还说不清。这就需要更多的人能在闲暇的时候，更多地到喀纳斯来寻花问草了。

阿西麦里

AXiMaiLi

六月敖包节的清晨，空气中流淌着浓浓的草香。我们站在禾木村眺望阿西麦里山峰，它被深藏在浓浓的云雾里，根本就看不到山峰的踪影。去阿西麦里考察的考察队早已整装待发，租来的马队也早早地拴在乡政府门前的木围栏上。人们在耐心等待山上云开雾散，以便及早成行。马儿们不耐烦地打着响鼻，等待着主人下达出发的指令。

连续几天的降雨，使得这片阿尔泰山最美的山林和草原有了足够的湿气。雨过天晴的早晨，云雾自山脚下生出来，然后被太阳的热量从山脚底下驱赶着往山顶缓慢涌动，把整个大山都包裹得严严实实。一开始，这种涌动几乎是凝固不动的，云雾像是被紧紧地吸附在山体上。后来，等到太阳渐渐升高一点，云雾才会慢慢从山根往上移动一点。于是，我们的马队开始从禾木村出发，去追赶那往山顶涌动的云雾。

当地图瓦人说，阿西麦里山不是禾木最高的山峰，但它却是禾木最美的山峰。平日里，远远地望它，在它高高的山顶，有两个饱满挺拔的美丽乳峰，像成熟女人丰满的胸部。关于这座山峰，当地有两种不同的解释。哈萨克人说，阿西麦里就是马鞍子的意思。因为那两个高高翘起的山头和它们中间凹下去的山谷，远远看上去就像是一个巨大的马鞍子。但图瓦老人说："我们的祖先在这里生活了快四百年了，祖先们一直把那座山当作神灵来敬仰。"那两座高高的山峰，就是滋润和养育禾木这片大地的神灵。要不，祖先们修建禾木村的敖包时，为什么会专门挑选在可以看见阿西麦里山峰的村口高坡上呢。的确，敖包和阿西麦里山峰，一个在地上，一个在高高的山上。地上的敖包向山上的阿西麦里传达着人们对上苍的祈愿，山上的阿西麦里向地上的人们传送着上苍给予的祝福。骑在马背上，我们观察远处的阿西麦里，云雾依然遮挡住了大山，什么也看不见。

从禾木村到阿西麦里山脚下，大概有六七公里的样子。途经村口的敖包，正好赶上村里的图瓦人在那里庆祝敖包节。敖包节是图瓦人每年六月中上旬，在草原上的敖包前举行的盛大节日。意思是，春暖花开的季节，标志着新的一年的真正开始。他们在这里祭祀神灵，祈福风调雨顺，水草丰美，牛羊肥壮，村民安康。村民们从四面八方赶来，无论是走路来的，还是骑马或者是骑摩托车来的，手中都会提着一布袋子煮熟的羊肉，一塑料壶自家酿制的奶酒。在这个节日里，整个村子没有贫富贵贱之分，大

禾木的敖包节

家会围坐在一起，在神灵的护佑下，互相递肉，互敬奶酒。在神灵和菩萨面前，人们变得温良谦和，互相尊敬。我们也驻足在被打扮一新的敖包下，跟随村民们祭祀敖包，朝拜神灵，祈求平安。在庄严的敖包底下，我们吃过喇嘛递给我们的羊肉，喝下老人端给我们的奶酒，继续上路去追赶已经升到半山腰上的云雾。我注意到，

今天给我们当向导的两个图瓦青年，他们特意在敖包前匍匐不起，久久跪拜，仿佛是在祈求上苍保佑我们这趟考察平安顺利。

沿着山脚策马扬鞭，六七公里的路程并不算很远。不用半个小时，我们就来到了吉克普林草原。两个向导非常熟悉这里的地形，很快找到了登往山顶的崎岖小路。这条小路实际上就是一条半荒废的牧道。牧人的牛羊每年春天从这里上山，秋天从这里下山，其余时间这条牧道就会闲置下来。现在，山下的大部分牲畜还没有转场到这里，这条牧道也就杂草丛生，长满了荆棘。

与构成阿尔泰山脉的所有山峰一样，阿西麦里的阳坡山势平缓，几乎不长一棵树。向上望去，从山腰到云层覆盖的山顶，像是铺上了一层厚厚的绿色地毯。马队在山脚下稍事休整之后，向导帮我们检查每一匹马的前后鞯是否结实，重新系紧马肚带，我们开始骑马登山。

在阿尔泰山这个区域，攀登山峰一般都会选择从南坡上。这样的选择，除了山势较缓，行走方便外，同时还避开了茂密的森林，这样也就避免了和豺狼熊豹遭遇的可能。我们骑在马背上，任由马队或快或慢地向上攀登。马是阿尔泰大山中最有灵气的动物，同时，它又是人类最忠实的朋友。每一次征途，不管你以前会不会骑马，只要你选择了一匹马和你为伴，它都会负责任地挑选脚下的最佳线路，尽可能舒适地把主人安全送到目的地。

我们行进到半山腰时，已近中午。头顶的云雾开始升高到天空上，变成了蓝天上的白云。云趴在山上时，它就是雾。当雾升到了天上，它就成了云。六月午后的太阳照耀在阿西麦里山的阳坡上，让起伏不平的山坡变成了迎风舞动的绿色绸缎。我们回头向山下望去，满眼的绿色一眼望不到尽头。层层叠叠的山峦长满深绿色的泰加林，吉克普林草原像一片浅绿色的流水，漫布了眼前的山谷后又充溢到远处山沟和森林的边边角角。这个季节的阿尔泰大山，就像刚从大梦中醒来一样，浑身张扬着挥洒不尽的青春气息，向世界展示着最具生命力的六月的绿色大地。

　　我们不敢过多留恋山下的葱绿山林和亮绿的草原，继续策马扬鞭。慢慢地，我们已经攀登到阿西麦里山的肩头。我忽然发现，不知不觉中，我们已经被漫山遍野的金莲花所包围。如果说雪莲花是天山的独有花种，代表了天山居高临下般的雍容华贵，那么金莲花则以其耐寒耐旱以及花期长，花色鲜艳，代表了阿尔泰山的包容忍耐、心胸豁达的独特魅力。以往，我们只知道金莲花喜欢开在山谷里和沼泽地中。但今天，我看到了在如此海拔的高山上盛开的如此硕大的金莲花。我下马躺在花丛中，任由清凉的山风吹拂我的全身。春风拂面，花香四溢，我感受到了飘飘欲仙之后的神清气爽。我明白了，金莲花原来不光只爱山谷中的潮湿和温暖，它更爱高山间湿润的空气、清凉的山风和透明的阳光。正是因为有了这些足够的条件，这里的金莲花才开得如此娇嫩、鲜艳和硕大。我抬头向山顶望去，看见在金莲花的映衬下，阿西麦里山顶的两个巨大乳峰，在高高的蓝天白云中挺拔而迷人。

　　我们来到几处牧人遗弃的羊圈旁，青草和陈年的羊粪混杂出奇特的香味。这些被遗弃的羊圈，实际上是每年牧人们在这里放牧的临时住所。这里，已经是花海的边缘，草场的尽头。在这海拔足有两千多米的高山草原上，每年牧人们要在这里放牧两个多月。当牧人们从遥远的额尔齐斯河河谷赶着羊群辗转来到这里，已是每年的六月底或是七月初。牲畜们在这里吃着极富营养的高山青草，喝着甘洌的山间清泉，趁着夏季，快速抓膘。到了九月中旬，山顶上的第一场落雪覆盖山头，告诉人们又到了下山的时节。牧人们用骆驼驮起毡房和简单的家当，骑着马，赶着羊群，开始了新一轮的迁徙。雪一场场地下来，雪线一次次地向山下逼近，追逐着牧人和羊群向着大山下的河谷慢慢转场。就这样，周而复始，年复一年。每年上山的羊群，有一半是新的生命，放羊的牧人，在经历了一次四季风霜后也会老去一岁。在这岁月的轮回中，唯有青山不老，大地依旧。

再往上走，已经无路可走了。站在大山的肩头，我们仰望阿西麦里峰，它比我们在山下看它要高大和威武了许多。从山下看它，它就是矗立在高山之上的两座坚挺秀美的乳峰。但现在，它分明就是两座等待着我们继续去攀登的巨大山峰。大山在这里经过一个平稳的缓冲之后，山势忽然变得陡峭险峻，碎石布满整座山体。牧道已经走到了尽头，我们不得不弃马步行，徒步攀登神往已久的阿西麦里峰。

我攀越过许多喀纳斯区域的山峰，但从来没有像今天这样始终保持着轻松愉快的心情。也许是图瓦人的敖包节给我们带来了一路的吉祥如意，使我们的攀登始终顺风顺水；也许是满山的云雾为我们洗去了沿途的尘埃，让我们在如画的绿草鲜花间尽情地神游；也许是高山间清新的空气给我们带来了足够的氧气，让我们感受到在蓝天白云间自由驰骋的逍遥自在。也许都是，也许都不是。但愈是往上攀登，我愈是感受到一种与天地神灵潜移默化间的心灵感应。

在爬越了几乎是垂直陡立的山体后，我们攀登到了阿西麦里两座山峰中间的山谷。让我们惊讶的是，在两座山峰之间的谷底，竟然有一个高山小湖。小湖的面积足有两个足球场大，四周是巨大的石头和残存的积雪，湖水中倒映着蓝天、白云和残存着一片一片积雪的灰色山体。在我们到达这里之前，说不清小湖已经在这里静静守候了多少万年。不难看出，这是一个典型的高山冰碛堰塞湖。当年，阿尔泰山的冰川在距今最后一个冰期之后，由于气温不断上升,冰川开始向上退缩。禾木区域是阿尔泰山冰川的前端,冰川最早从这里消融。最后,这里的冰川退缩到阿西麦里山顶,不得不丢下最后一点堆积物,消失在这海拔2600米的高山之巅。冰川虽然消失了,但它却永久地在这高山之上留下了一滴纯洁的眼泪。

我们踩着铺满砾石和残雪的拱形山体向左侧的山峰攀登。快要登顶时的喜悦让每个人都感到异常兴奋,大家都加快了攀登的步伐。我感到了我的心脏在加速跳动,我听到了自己的胸腔被心跳击打的咚咚声响。我坚信这加速的心跳不是因为登山的缘故,我们每个人这时都身轻如燕,从一块石头跳向另一块石头。愈是快要登顶,我们愈是感到迫不及待。每个人都生怕被别人甩到后面,仿佛第一眼看不到山顶的景色,就会永远失去看到它的机会。

终于登顶了,我们站到了阿西麦里山峰的最顶端。这里,海拔足有2800米。阿西麦里山由东北向西南一路延伸而来,在这里,就像是一列火车的车头,猛然间戛然而止。我们的脚底下,是几近垂直的万丈悬崖。悬崖下的河谷里,禾木河犹如一条流动的玉带,自北向南蜿蜒而来。苏木河和其他几条小河从北方的几条山谷汇入禾木河中。在禾木河下游一处开阔的河谷中,禾木村坐落在翠绿的泰加林中,彰显着古老而又神秘的魅力。向禾木河的上游眺望而去,只看到林海茫茫,群山绵绵。及至天际线处,是一层一层皑皑雪山,最高处的那几座洁白的山峰,一定就是阿尔泰山的主峰友谊峰。站在阿西麦里山峰上环顾四周,阿西麦里山像一个挺立的孤岛,独立在三面山谷之上,远处的山川河流尽收眼中。我又想起了当地村民常说的那句话,阿西麦里山峰,它不是禾木最高的山峰,但它一定是禾木最美的山峰。我想,它的美不仅仅在于它自身凸显的秀美,更在于站在它的山峰之上看到的壮美风景。

考察队员

　　我把目光从远处的山峦间收回，看到我们的两个向导正在用石头堆起一个石堆。石堆堆好后他们插上一个树枝，在树枝上系上随身带来的红绸布，然后双双跪下磕头祭拜三遍。我明白了，图瓦人每登上一个新的高处，他们都会垒石为堆，搭建敖包，以表明他们对神灵的敬畏和膜拜。在图瓦人的心中，阿西麦里峰本身就是一座神山。在它的佑护下，像哈熊肚皮一样肥美的禾木山林，使得这里的牛羊愈发肥壮，村民吉祥如意。人常说，阿尔泰山的美是母性的美，而阿西麦里山，更是这种母性美的典型代表。我站在阿西麦里的一座山峰对望另外一座山峰，愈发感受到了母亲般的慈祥和伟大。这两座山峰，在向人们尽情展示视觉美的同时,也在用它们之间那一潭清澈透明的湖水,证明远古的存在,自然的伟大。这湖水来自于远古冰川,你和它对望一眼,便能看到比我们人类要古老许久的生命痕迹。此时此刻,山成为神山,水成为圣水。山水呼应,自然通达。

  这山峰,这湖水,让我们流连忘返。虽然已经夕阳西下,但我们依然徜徉其间,久久不愿离去。

仰望友谊峰

YangWang YouYiFeng

经过了四天的艰苦跋涉，友谊峰，我终于来到了你的脚下。此时此刻，站在喀纳斯冰川之上，我怀着朝圣的心，仰望友谊峰。止步于你的脚下，我不敢再向前走出半步。

回头向来路望去，山峦层层，林海莽莽，多少艰险，历历在目。

一、穿越森林

乘船行驶二十四公里进入喀纳斯湖的进水口，就已经进入喀纳斯保护区的无人区了。一直以来，骑马是前往友谊峰的唯一交通工具。这次，我所跟随的科考队里面，包括研究动植物的科学家、冰川学家、著名摄影师、新闻记者、环保工作者以及负责后勤保障工作的保护区林业管护站的护林员。二十几个人和三十多匹马组成的队伍，每个人的骑马技术虽然参差不齐，但穿越在原始森林中，也算是浩浩荡荡了。

喀纳斯湖的入水口河道交错，如果在空中看一定是一幅美到极致的山水画卷。它似交织在一起的六条绸带，随着季节的变化也变换着不同的颜色。八月份正是白湖的丰水期，乳白色的湖水从白湖喷涌而出，溢满了喀纳斯河的河床。在经历了四十多公里的长途奔流后，喀纳斯河至此变得温顺起来，随着六条入口缓缓流入喀纳斯湖。白湖的水像是一个调色板，使得碧蓝的喀纳斯湖逐渐变成了一池墨绿色的浓稠浆液。

这是2008年的八月中旬，科考队沿着绸缎般的喀纳斯河向北进发，所经之处的整条山谷都是未经采伐过的原始森林。这里，生物多样性保存得十分完整。河谷中，沿途的森林茂盛，是整个喀纳斯保护区原始森林的精华所在。从喀纳斯湖入水口到白湖之间，生长着西伯利亚云杉、西伯利亚冷杉和西伯利亚落叶松，尤其珍贵的是，这里大量生长着阿尔泰山的稀有林种——西伯利亚红松。它就是我们常说的五针松，是喀纳斯区域特有的林种。五针松是生长在喀纳斯区域的最高贵的树种，它主干挺拔，树冠秀美，枝叶婆娑，堪称是林中骄子。这些高大的松科树种和西伯利亚小叶白桦、欧洲山杨和山地柳树等阔叶林混交生长，形成了中国的唯一林种——西伯利亚泰加林。在这高大的乔木之下生长的，还有丰富的灌丛林，以及形形色色的花草品种，形成了一个立体的植物生长体系，其植物群落的丰富程度，堪称是阿尔泰山植物王国浓缩的精华。在这次考察途中，随行的植物学家不无惊喜地提前告诉我们，喀纳斯的植物种类已经超过了1200种，远远超出了以往780种的结论。

应该说，从喀纳斯湖头到白湖是前往友谊峰途中最为平缓的一段路程。但在穿越浓密的原始森林的同时，还要蹚过十条湍流的河沟，哈萨克语叫翁阿热克。十条河沟都流入喀纳斯河中，每一条河沟都来自一片湖和湖之上的一条冰川。喀纳斯河谷两岸的崇山峻岭中，孕育着200多条大大小小的冰川，是这些冰川成就和保证了喀纳斯保护区的生态平衡和生物多样性。

做任何事情都不免会有风险和挑战，更何况我们这次考察是深入保护区的无人区。沿途山地险峻，丛林密布，加之队员们的骑马技术好坏不均，尽管出发前领队再三叮咛安全第一，但发生些许不测还是在所难免。出发不久，就有一位电视台的记者从马背上掉了下来，由于鞋子在马镫里没有脱落，马在原地挣扎了一阵，踢断了记者的鼻梁骨。幸好是匹驯顺的老马，否则后果将不堪设想。算是出师不利，但如果做一件事多少会要出些意外的话，那么就请上苍保佑我们后面的行程一路平安吧。

二、白湖之晨

夜宿白湖是这次六天行程中唯一一晚住在木屋中，大家都非常珍惜这木屋的一晚。尽管大部分队员仍然是睡在帐篷里，但那毕竟是睡在扎在木屋中的帐篷里，比野外要温暖得多。队员们趁着天亮在木屋中扎好帐篷，铺好睡袋，然后聚拢在管护站的厨房等待开饭。

白湖管护站是喀纳斯保护区最远的一个管护站，护林员都是清一色的年轻人，由十名哈萨克族和蒙古族图瓦人组成。他们每年五月初进站，十月底才离开，在这深山老林中工作长达半年之久，辛苦程度可想而知。这些在家里饭来张口衣来伸手的年轻人，来到这深山老林中却个个都是做饭的好手，烧茶、炒菜、拉面样样都会。考察队二十几个人吃的拌面，在几个小伙子的协同配合下，一会儿工夫便热气腾腾地端到了我们的面前。

不用多说，这个夜晚科考队员们一定都会睡一个好觉。第一天骑马跋山涉水行走了近五十公里的山路，大多数队员的骨头都快要散架了。骑马和搞其他运动项目一样，第一天是最为痛苦的，这需要有一个适应的过程。晚饭后，大家迅速钻进各自提前铺好的睡袋里，刚开始还叽里呱啦地说些路上见到的有趣事情，但很快，鼾声便从几间木屋中或大或小地传出，而且此起彼伏，很有韵律。到了半夜，这鼾声又演变成了群鼾齐鸣，连哈熊来了也会被这鼾声吓得不敢靠近。

黎明时分，我们在噼啪作响的木柴燃烧声中醒来。我在想，在这大山深处，只有这一缕人间炊烟在轻轻升起。在管护站工作的小伙子们，真是这人间净土的守护神，没有他们，哪有这如此保护完美的自然生态啊！站在管护站的木屋前，看着河谷两岸的奇峰峻岭，我看到的是阿尔泰山前山地带无法看到的真实无比的大山形象。只有在这里，阿尔泰大山的巍峨才是坦荡无遗、高大无比的。

　　白湖管护站距白湖大概五六公里的路程，而要想看到白湖的全貌，必须要攀登到喀纳斯达坂的半山腰上。我们在晨雾中骑马穿越森林和小溪，向着一片柳兰盛开的山腰进发。由于头天晚上下了一场小雨，山路湿滑，骑马前行的速度极其缓慢。经过一个多小时的跋涉，我们终于来到了云雾之上。

　　这时，整个山谷在晨曦中睡眼蒙眬，云雾在四野蒸腾弥漫，雾气和云层低低地压在山腰以下。随着天色渐亮，它们一会儿翻滚着向我们的脚下涌来，一会儿又随风飘向远处低矮的山头。我们凭经验判断，白湖就藏在我们眼前的正东方。

　　此时此刻，站在喀纳斯达坂的脚下根本无法看清白湖，因为它还藏在云雾之中。我们的眼前，是一片汹涌翻腾的云雾的海洋。我真切体会到风起云涌的真实性，雾气从山脚下涌上来，直扑人面，仿佛会令人窒息。白湖的方向正是太阳将要升起的地方，云层开始一点点变白，阳光正慢慢地试图寻找撕破云层的缺口。终于，云层打开了一个缺口，太阳猛然间跃出山头，云雾便四散逃离般地纷乱撕扯着散开去。这时，云层越来越薄，越变越淡，在阳光的配合下，白湖像一个青纱蒙面的窈窕淑女半推半就地出现在我们面前。随队的摄影师们全都惊呼起来，紧接着是不停按动照相机的快门声。

　　我们的眼前，是一个三角形的乳白色的湖。白湖是圣洁的，它的湖水来自友谊峰脚下的喀纳斯冰川，从冰川形成的那天起，它就从来没有吸纳过任何的污泥浊水。白湖又是神秘的，它的神秘来自于湖水的色彩。由于喀纳斯冰川中夹杂着大大小小的白色花岗岩石块，冰川融化时，又将花岗岩在古冰川运动时相互摩擦后留下的白色粉末带入湖水中。于是，在阿尔泰大山深处，一个用白色命名的湖便展现在我们面前了。白湖又是深不可测的，湖泊专家和冰川专家根据各自的学科理论都推测，白湖应该很深很深，但它到底有多深，众说不一，这就形成了喀纳斯区域的又一个谜团。但不管怎么说，白湖的水深一定是接近喀纳斯湖深度的，它和喀纳斯湖同时成为中国境内排名前两位的最深的高山湖泊，早已成为学界的定论。

早安，白湖，你这藏在深山人未知的神秘女子。再见，白湖，我们一定会再来揭开你不被人知的神秘面纱。

三、翻越达坂

白湖是通往友谊峰的咽喉和要塞，跨越白湖的必经之路要么走水上，要么翻越果戈习盖达坂。但白湖距大山之外路途遥远，根本没有路或其他办法将船只运送到这里从而横渡白湖。所以，多少年来，人们前往友谊峰科考探险，都要骑马翻越果戈习盖达坂，这似乎是通往友谊峰道路的唯一选择。

果戈习盖，哈萨克语为碎石滚动之意。顾名思义，要翻越这样的达坂，其难度可想而知。我们从白湖岸边出发，走不多久就来到达坂的脚下。达坂的坡度至少要超过50度，植被稀疏，碎石崩塌随处可见，在这样的山路上骑马，稍不留神就会滚落山崖。为安全起见，二十几个人都把坐骑全部交由护林员管理，徒步攀登达坂。

沿着"之"字形的山路，考察队员们缓慢向上攀登。但由于达坂实在太陡，人们走上几步就要停下脚步喘息一阵。空中依然是云翻雾滚，而且随着海拔不断升高，不时有小雨夹杂着雪花从天空纷纷降落。队员们的头发和衣服早已被雨雪淋湿，汗水和雨水混合后在每个人身上冒着热气。在碎石滚动和泥泞不堪的山路上行走，真感觉比登天还难，有人干脆用手拽着马尾巴往上攀爬。在这样的环境中，三个小时后，队员们才陆陆续续到达果戈习盖达坂山顶。到达山顶后的队员，早已一个个狼狈不堪。在大山面前，人的渺小真的可以用微不足道来形容。我时常在想，人们之所以选择跋涉和登山，绝不是要证明自己的伟大，而是要说明人类自身在大自然面前是多么的渺小。这样，在行走和攀登的过程中，人们每一次都让自己成为自然和山水的臣民。

果戈习盖达坂山顶海拔较高，任何树木在这里都无法生长。达坂的山巅宽阔苍凉，八月中旬还存有片片积雪。我们骑马绕过未来得及融化的残雪，踩着砾石向山谷缓慢移动，融雪在这里形成了大小不等的若干个湖泊。绕过湖泊往下走了不久，看见一种在中山地带很少看到的珍贵植物，植物专家告诉我们这是西伯利亚耧斗菜。这种植物花瓣呈喇叭状，暗紫的颜色特别引人注目，漫山遍野的紫花开满在八月的高山草甸之上。

过去人们普遍认为，喀纳斯区域最大的缺憾是缺少瀑布。但通过我们最近几年的考察得出的结论是，喀纳斯区域不光有瀑布，而且分布极广，单是我们这次看到的瀑布就不止一处。但要在喀纳斯区域看到瀑布是要付出艰辛和努力的，因为这些瀑布大都藏在深山密林之中。

在这里，我们就看到了两处瀑布。一个是来自翻越果戈习盖达坂后的高山小湖，八月的阳光将遗存在高山之巅的积雪融化，雪水汇入小湖，湖水又从湖边的悬崖上溢出，形成了一个高约十米的瀑布，这是一个娇小秀气的瀑布，周围开满了紫色的西伯利亚耧斗菜。

我们骑马艰难地走到谷底，这里青草茂盛，掩盖了马的肚皮。我们听到轰鸣的巨响分明来自一个山谷，于是策马寻找。循着山谷，我们找到了声音的来源。我看到一条瀑布，它来自一处高山上湍流急下的河流，这条小河在山谷间奔流中忽然遇到一个陡峭的崖壁，来不及犹豫便顺势飞流直下。这条瀑布的落差足有二三十米，它在悬崖上直泻而下，其气势不可阻挡，其声音响彻山谷。

看到了铺满高山之巅的鲜花,又看到难得一见的两条瀑布,攀爬达坂的劳累也就顿时化为乌有了。

四、五渡冰河

要五次渡过喀纳斯河上游的冰川河流,已经是第三天的行程了。过河既是对人也是对马的最严峻的考验。

渡河

骑马过河是前往友谊峰途中最为惊心动魄的一幕。因为河流深浅难辨,河水冰冷刺骨,河床里全都是大小不一的光滑的鹅卵石,稍不留神便会马失前蹄。而人要想过河,又必须骑在马的脊背上,紧紧地抱住马的脖子。

选择八月份前往友谊峰,主要是过河的需要。六七月份,气温较高,正是深山的融雪期,河水湍流汹涌,根本无法过河。而到了九十月份,天气太冷,友谊峰地区已经进入冬季,也绝对无法前往。所以人类对友谊峰地区的为数不多的几次科学考察，都是选择在八月中旬进行。

我们五次渡过的，其实是同一条河流。喀纳斯冰河在河谷间左冲右突，弯曲绕行，每年的河床都有新的变化，河流都会有新的改道。湍急的河水像一匹烈马，在河谷间一会儿冲到左岸，一会儿又冲到右岸。而此段河流的两岸又大都是悬崖峭壁，所以要想往前走，只有在同一条河流上不断穿行。

当三十多匹马被前面的河流挡住了去路，十个保护区的护林员在这时便发挥了作用。他们有两个人先行过河，以试探河水的深浅。过河后，他们又选择最佳的参照点，在对岸指挥队伍过河，以防队员们由于河水的流动产生视觉上的错觉。在冰冷的河水中，队员们在过河时一旦偏离了方向，后果将不堪设想。为了确保科考人员的安全，其他几个护林员骑在马上一字排开，站在水流凶猛的河流下游，防止队员们在过河时不慎从马背上掉下落入水中。

队员们开始过河了。要渡过冰冷刺骨的河水，马和骑在马背上的人都是至关紧要的因素。马没精神不行，稍一松懈就会马失前蹄，连人带马都会翻入河里被卷向下游。人没精神更不行，马是被人驾驭的，要想马有精神，人首先必须要有精神。人骑在马背上要挺胸收腹，把自己想象成一个临阵指挥一场战役的将军。你要瞪圆双眼注视对岸，双手勒紧缰绳，两腿夹紧马肚，人马形成一体，目标一致，才能勇往直前。这时你大喊一声"过"，便势不可挡地向对岸冲去。湍急的河水和河底的鹅卵石使得所有的马匹在过河时都站立不稳，河水高过马的肚子，有时甚至要漫过马的脊背。站在河水中的护林员们这时会摇晃着手中的皮鞭，高声吆喝着帮助赶马。而过河的每一匹马和马背上的队员都紧绷神经，精神高度集中，不顾一切地向对岸冲去。整个河床中水花飞溅，吆喝声、马蹄声和河流奔流的声音响彻整个山谷。

就这样，我们五次渡过了冰河。

五、邂逅棕熊

有研究表明，喀纳斯区域生存着大量珍稀野生动物。尤其是1986年建立国家级自然保护区以来，实行严格的保护措施更为野生动物提供了无人干扰的生存环境。马鹿、驼鹿、紫貂等有蹄动物以及珍稀野生禽类，在喀纳斯湖区被人看见已经是司空见惯的事情了。

我们这次考察，其中一项任务就是要多发现一些过去不曾看到的野生动物，从中研究保护区实行严格保护后取得的成果。考察途中，有一位摄影家看到过一群北山羊，它们到河谷饮水后，发现有人就立即向山上奔跑。这一发现着实让大家兴奋不已，按常规，有北山羊的地方就一定会有雪豹生存。雪豹是靠食北山羊为生的，雪豹在喀纳斯这一高寒地带处于食物链的顶端。而我们这次考察除了想要看到雪豹，更想看到的当然还有棕熊。当地人几百年来狩猎棕熊的故事，已被民间演绎得神乎其神。

说来还真是有幸。就在我们快到友谊峰脚下喀纳斯冰川前端宿营地的当天下午，我们就分别看到了三群棕熊。第一群是一只母熊带着四只小熊。有经验的护林员告诉我们，其中有一只稍大一点的小熊是母熊去年产下的熊崽，剩余三只是今年的熊崽。也许是我们的马队动静太大，当我们发现它们时，母熊带着它的孩子拼命地向我们左侧的山梁爬去。我们骑马向山上追去，但越追越远。棕熊看似笨拙，其实奔跑的速度极快，尤其是在山林之中。原来，棕熊并不像传说中的那样可怕。

追赶棕熊追到山顶，不见了棕熊，看到的却是又一片开阔的高山草甸。向导说再往前走就到中俄一号界碑了。追不到棕熊，能看一眼神圣的界碑也是此行的意外收获。我曾经去过俄中一号界碑，它在中俄边界的西边，在喀纳斯达坂的上方，那是俄罗斯方面建造的，碑上有镀银的双头鹰。中俄一号界碑为中方所立，碑上刻有"中国"的字样。在中国的西北端中俄两国仅有五十四公里边界线，共有两块界碑，两国各立一块。至此，两块界碑我都走到了，也算是人生的一大幸事。

科考队员在中俄一号界碑

正下山间，负责向导的护林员再次压低声音告诉我们，在对面山坡上又发现了四只棕熊。于是我们扬鞭策马，快速下山，但由于距离太远，只能眼巴巴地看着一只母熊带着三只小熊爬上山顶，渐渐地消失在我们的视线中。当我们下到河谷，向导又一次向我们惊呼，他再一次看到棕熊了。

我们顺着他手指的方向看去，有一只母熊带着两只熊崽正在河对岸的山坡上戏耍。它们一会儿在林中穿行，一会儿在草丛里捉迷藏，一会儿又跑到碎石滩上晒晒太阳，根本没有把河对岸的

仰望友谊峰

我们当一回事。尽管队员们大呼小叫，发出各式各样的声音，它们照样悠然自得，我行我素。在它们自我陶醉情景的感染下，队员们也不再发出任何声音，静静欣赏着它们。夕阳的余光穿过层层山峦，斜洒在河对岸的山坡上，棕熊的毛发显得金黄光亮。尤其是那两只小熊，它们在母亲的胸前身后来回撒娇戏耍，看来，顽皮是世间所有幼小生命的天性。

棕熊

看着眼前这自然和谐的一幕，我在想，经过这么多年的有效保护，喀纳斯已经真正成为野生动物生存的天堂！

六、冰川感怀

我想给你说一说我所见到的友谊峰和它脚底下的喀纳斯冰川。这个地方让我向往已久，因为它是阿尔泰山脉最高贵和最神圣的地方。

站在冰川之上，我才明白我们昨天晚上的宿营地为什么选择在离我们所要到达的冰川那么远的距离。从宿营地到冰川的冰舌口，至少要翻越由巨大花岗岩石组成的五公里的山路。其实根本称不上是路，那是要从一块石头跳到另一块石头上的行走。马驮着行李在这样的山地上根本就无法向前走出半步。应该说，这段路在几百年前还是喀纳斯冰川的前端。由于气候变暖，冰川在不断后退，冰川之中夹带着的巨大花岗岩便被遗留在了这里。

喀纳斯冰川

喀纳斯河就发源于喀纳斯冰川之下。在这个沉积了数万年的冰川的出口，我试探着进入洞口。一股夹杂着远古冻冰气息的乳白色的冰雪融水从它的腹腔深处喷薄而出，它流淌出来的就像是母亲的乳汁。于是，喀纳斯河诞生了，喀纳斯湖周围的群山大地被它的乳液滋润了，喀纳斯区域从此有了生机并且变得神采奕奕。

踏上足有十公里长的喀纳斯冰川，除了感受到冰川的壮美之外，你还会发现冰川仍在不断缩短和后退。喀纳斯冰川和地球上的任何一处冰川一样，都无法摆脱最终消失的命运。冰川之上有了纵横的沟壑和潺潺的小溪，花岗岩石形成的冰蘑菇多数已坍塌滑落，巨石歪落在冰锥一边。冰川两岸的山腰间，冰川退缩下降的痕迹有一道明显的界限，这道界限距我们现在脚下的冰川足有一百多米。看到这道界限，你可以想象到一百年前的喀纳斯冰川是何等的气壮山河。而一千年前和一万年前的冰川又会是何等的壮观啊！地球在变暖，冰川在消融，这已是摆在世人面前不争的事实。

我继而仰望友谊峰，想从它那儿找到答案。上午来时，它还是蓝天白云映衬着洁白的雪峰。及至下午，它又云涌雪峰飘起了雪花。友谊峰和世界上的其他山峰相比，绝对算不上高大，因为它的主峰充其量也才4374米，但它秀美和挺拔的身姿却有着别的山峰所无法比拟的优势。看着铺天盖地降下的雪花，我似乎又有了一丝些许的欣慰。大自然毕竟是大自然，大自然的力量往往是不以人类的意志为转移的。但愿，我们的大自然能够和我们已经经受了无数苦难的人类一样，有着自我修复、自我保护和不断增强免疫力的能力。

否则，我们人类将何去何从。

一棵花楸

一棵花楸生长在通往喀纳斯盘山公路旁的乱石堆里，它的主干足有杯口那么粗。凭想象，它应该有一百年以上的树龄了。

车来车往，上山下山，人们都不会太去留意花楸谷里的那些花楸。它们和云杉桦树长在一起，结果，它们像小孩藏在了大人堆里，虽然玲珑可爱，但却被大树们遮挡住了它们的容貌。于是，花楸谷里的花楸虽然多得数也数不清，但过往的人们只记住了参天的云杉和妖媚的桦树，花楸谷里的花楸去了哪里，人们大都不会去关心这件事。

只有到了盘山公路上，人们才会注意到在乱石堆里独领风骚的那一棵花楸。很久以前的一次地质活动，使这里的山体崩塌下来，大小不等的石头从山顶一直滚落到河床旁。久而久之，一些落叶松和云杉稀稀落落地从石头的缝隙中生长出来。也不知是什么时候，一棵花楸的种子被飞鸟或者是山风带到了这里。种子随遇而安，见缝插针，找到了深藏在乱石堆下的土壤，生长并且存活了下来。花楸的幼苗一定是生长了很多年后才从石缝中探出脑袋，那时，它的根部已经足够牢固，否则，花楸幼小的生命根本就无法阻挡偶尔纷落的滚石，夏天常有的山洪，冬季频繁的雪崩。就这样，它生长了足有一百年之久。如今，它在经历了无数的风霜雨雪之后，俨然成长为一棵挺拔秀美的花楸树。

前些年，一条旅游公路从大山之外修进喀纳斯。公路修到乱石堆前，需要修一段盘山路。在筑路工人的队伍中，一定有一个把美视作生命的小伙子，他把盘山公路设计成了一个"S"形的弯道，巧妙地绕过了那棵风华正茂的花楸。

于是，孤傲的花楸成了这段山路上最为抢眼的风景。春天来了，它最先向人们展现嫩绿的新芽，它羽状的枝叶比周围遍山的树叶都要令人疼爱揪心。夏天刚到，它又迫不及待地在枝头开满粉黄色的花瓣，整整一个花期，盘山公路上都会飘满不同于其他野花野草的淡淡花香。不经意间到了秋天，青绿的果实开始变成一串串鲜艳的红豆，在蓝天的映衬下，它们显得格外耀眼。入冬时节，花楸的红果坚实而剔透，任凭秋风落叶、秋去冬来，任凭寒冬临近、雪压枝头，它们依然会迎风而歌，傲雪挺立。

花楸

三年前的冬天，一场雪崩从盘山公路的上方倾泻而下。雪崩使很多乱石堆上的小树被连根拔起，花楸也因为猛烈的冲击而匍匐倒地。好在花楸根部结实，木质柔韧，没有遭到致命的毁坏。冰雪消融的时候，护林员拿来胶带和麻绳，小心翼翼地将受伤的花楸树干包扎好，然后又用一根木棍把树干顶直。这一年，花楸依旧春来发芽，夏来开花，秋来结果。护林员入冬的时候去查看花楸的伤口，发现伤口已经愈合，树干也不再需要木棍的扶持了。花楸不同于高大的乔木，它的个子虽小，但它的生命却饱含着坚韧和耐力。

2013年的冬天，据说有喀纳斯山区百年一遇的特大雪量。人们就担心，那棵受过伤的花楸是否能经受得住更大的雪崩的摧残。果然,整个冬季喀纳斯公路上雪崩不断,在"S"弯道上,雪崩更是大得惊人。扫雪机清理盘山公路上的雪,两边的雪墙足足有三个扫雪机那么高,雪崩后的雪里夹杂着水桶般粗细的松木和桦树。那棵花楸树的命运到底如何,没有人知道,因为谁也不清楚雪底下会是什么情况。

当冰雪再次融化,人们急着跑来看那棵花楸是否还在。周围的松木和桦树因雪崩从树根以上一米处被齐齐切断,这些树的树龄大都在一百年以上。也就是说,至少有一百年在这里没有发生如此大的雪崩。再去看那棵花楸,受过伤的主干再次匍匐倒地。护林员来到花楸树跟前,这一次,他没有再带胶带和麻绳。他知道,胶带和麻绳已经无法再治愈花楸的树干,因为雪崩使得树干的伤口彻底撕裂。护林员索性用锯子把树干从伤口处锯断,保留了树根周围几棵幼小的树枝。

就这样,一棵长了一百年的花楸因百年不遇的雪崩被折断了。这也许是规律,或者叫周期。好在花楸的树根坚实牢固,主干断了,它还会长出分枝。再过一百年,它一定还是一棵挺拔秀美的花楸。只是那时,看到它的,不再是我们。

深山五日

ShenShan WuRi

2014年的盛夏，我作为保护区的老护林人，有幸跟随深山巡护队，对喀纳斯保护区的纵深地带进行巡山护边。五天的经历，有惊险也有惊喜。记录下来，以作纪念。

第一日（7月30日）

和以往一样，我们先要坐船穿越二十四公里的喀纳斯湖，再骑马进入深山。从地图上看，喀纳斯保护区呈一个"丫"字形状。喀纳斯湖在下面一竖的位置，我们这一次，是要从左面的叉进去，翻越两叉之间的达坂后，再从右面的叉出来。这既是一次正常的对保护区的巡护，又是一次难得的对保护区核心区进行资源普查的机会。所以我们的队员中，既有边防部队的两位官兵，也有保护区的科考人员。

中午时分，我们乘船到达喀纳斯湖的湖头。湖头除了偶尔运送物资留下的痕迹，依旧保持着自然原始的状态。这里，最著名的是枯木长堤。在喀纳斯湖进水口的沙滩上，堆放着一公里多长的枯死松木。按常规，这些枯败的原始松木应该顺流而下，沿着湖面漂向下游。但由于山谷风力的作用，这些枯木却被迎风推送到喀纳斯湖的上游，从而形成了喀纳斯湖区的一道著名景观。

看着码头边一大堆随行的物资，我这个老护林人都有点发愁，到底该怎么把它们运进深山。但打马垛子是当地少数民族同胞天生的看家本领，几个年轻的哈萨克和图瓦护林员眼疾手快，不一会儿就让零散在地的行李和物资整齐地驮到两匹马的马背上。而且，马垛子打得前后均匀，左右平衡，这样，马跑起来才能轻松自如，不费力气。两个年轻人赶着两个马垛子在前面先走了，我们跟随在后，向保护区的纵深地带进发。

我参与喀纳斯的深山巡护已经数不清有多少次了，但每一次出发都会让我充满着新奇和兴奋。同样，每一次巡护归来，虽然身心疲惫，但在精神上却总是满载而归。虽然山还是这片山，水还是这片水，森林依旧是这片针叶林和阔叶林的混交林，但这山这水这森林，每一次都能够给我对大自然的全新感受。这也正是我这个老护林人始终不愿意走出深山的缘由。

马儿在林中穿行或者在爬山过沟时，就会放慢速度。这时，蚊虫总会蜂拥而上簇拥在人和马的周围。在马背上的人们就会不停地用手去拍打叮在脸上或脖子上的蚊虫。派出所的巴依尔骑马走在我的前头，我看见几只蚊子叮在他脖子上吸满了他的血液。看着他毫无感觉的样子，我真想上前帮他拍上一巴掌，驱赶那些可恶的蚊虫。

我喊他："巴依尔，伸手打一下你的后脑勺。"

我看见他挥手一拍。啪！结果蚊子四散而逃，没有打死一只。

接着，他的脖子上又叮满了蚊子。

再打，又四散而逃。

我联想到在电视上看过的动物世界，这些纠缠不清的蚊子特别像非洲草原上的猎狗，它们老是成群结队地围在你跟前嗡嗡。你驻足驱赶它们时，它们会停下脚步离开你一会儿。当你不理睬它们时，它们又会铺天盖地的朝你涌来，连强大的非洲雄狮都拿它们没办法。

其实，我后面的人看我的脖子，一样也叮满了嗜血如命的蚊子。只不过他们见得多了，也懒得跟我说，见多不怪罢了。我呢，作为一个资深护林人，会顺手揪下一截枯木的枝条，前后左右地抽打前赴后继朝我涌来的蚊子。

好在到了林中空地，马儿就会发疯一般地跑一会儿。马儿跑起来时形成的风,就会把讨厌的蚊子远远地甩在后面。因此,每个人都会特别喜欢在林中空地上快马加鞭跑上一阵子。这时,马儿会快乐地打着响鼻,骑在它身上的人们也会长出一口恶气,终于甩掉了那些讨厌的蚊子。

从喀纳斯湖进水口到湖头管护站有六公里路程,大概需要一个小时的行程。湖头管护站实际上承担着中转站的作用。保护区核心区内的人员进出和物资运送,都要经过湖头站。我们在湖头站稍加休息,喝茶补充水分后,继续前行。

从这里,我们就开始进入保护区"丫"字左面的那一叉了。这条沟叫阿克乌鲁衮沟,沟里流淌是阿克乌鲁衮河。阿克,在哈萨克语和图瓦语里都是白色的意思。

我问同行的老护林人巴扎尔别克:"我当了那么多年护林员,乌鲁衮的确切意思,还没有搞清楚呢。"

他支吾半天,大概是找不到最为恰当的词语来解释,最后说:"就是沟趟子的意思吧。"这和他每次的解释没有什么区别,大概还是白色的河沟或白色的河流的意思。

不过也确实名副其实,在我们脚下奔流咆哮着的,的确是一条白色的河流。阿克乌鲁衮河是喀纳斯河最大的一条支流,它发源于中国和哈萨克斯坦的界山加格尔雪山。白色的河水,就来自加格尔雪山下的众多冰川。

阿克乌鲁衮山谷要比喀纳斯河谷窄许多,河谷中间没有特别开阔的谷地和大片的森林。由于河水经常会使河岸的山体塌方,马道不得不一次次向高处转移,行走起来也就更加崎岖艰难。我们经常会为过一个塌方地段,骑马爬上超过70度的大坡,然后再沿70度的大坡下来。虽然路段不长,但却耗时很久。我们有时还会在半山腰上穿越一片巨大的石头滩,这些大小不等的碎石，都是几千乃至几万年前地质运动带来的结果。在喀纳斯河谷区域，这样的塌方泥石流随处可见。我时常在想，如果当时这些地质运动再大点，从山顶滚落而下的石头就会阻挡住河流，在它的上游就有可能形成一个新的堰塞湖。那么，喀纳斯区域的景观或许比现在更加丰富多彩。实际上，现在的喀纳斯湖以及河道上的许多湖，就是当年冰川运动和地质运动的结果。

我进而在想，在发生了大大小小的地质灾害后，如今人们总是急于疏通河床中形成的堰塞湖，这到底是否科学和必要。试想，如果当年喀纳斯周围大大小小的湖泊形成时也有人类存在，而那时的人们和现在的人们一样，及时清除了形成这些湖泊的堰塞体，那么，我们今天还能看到如此美妙的山河湖泊吗？其实，我们人类经常会有一些自以为是、自作聪明的毛病，动不动要和大自然做一番战天斗地的抗争。当自然界发生了灾难的时候，我们是不是应该把大自然的事交给大自然自己去办？让它自我修复和完善，或许不失为最佳选择。

前面一条溪流挡住了我们的去路。溪流不大，但流水淙淙。我抬眼向上看去，溪流上方不远处有一个秀丽的飞瀑。我们弃马徒步，踩着长满苔藓的石块攀登而上。看着不远，我们却足足攀爬了半个小时。瀑布实际是溪流的一处跌水，溪流在流经一段坡度稍缓的草地后，遇到一块凸显的山崖，它们来不及放慢速度，就顺势跳下了山崖。岩石将瀑布梳理成扇状，在周围绿草鲜花的映衬下显得格外耀眼。

满足了好奇心，我们几人顺着溪流返回原路。这时，天空开始下起了小雨，马队也把我们几人远远地抛在了后面。在小雨中骑马穿越丛林，更加感觉无人区的幽静和神秘。渐渐地，山谷也变得开阔起来，河床更加舒展，马儿也可以快步小跑了。

我们从一段开阔的河段过河，马队从河的左岸转移到右岸继续前行。这里的森林开始变得茂密，绝大部分是西伯利亚云杉和冷杉组成的中幼林。越往里走，森林越密，树干和松枝上长满了松萝。

松萝是一种寄生植物，它靠吸收雨露和空气中的潮气就能生存。过去我们曾经错误地认为，松树上长松萝是因为空气污染和生态破坏造成的结果。但当我走过许多无人区后却惊讶地发现，空气越是纯净和湿润，树木上越是容易寄生松萝。松萝生长的多少，恰恰证明了一个区域生态环境的优劣。当然，任何事物都是双刃剑。松萝生长多了，也必定会影响树木本身的生长。在森林中，我们常常会看到周身缠满松萝的高大云杉已经没有几片绿枝，甚至连生命都奄奄一息了。

这让我想起了一件事。前些年，针对松萝影响树木生长这一情况，有人建议从云南引进滇金丝猴，因为它们是松萝的天敌。但有人针锋相对地提出质疑"请你首先解决它们的过冬问题"，因为滇金丝猴根本无法抵御喀纳斯区域冬季零下三四十度的严寒。这件事成为保护区内当时广为流传的一则笑话。

在夜幕降临前，我们到达阿克乌鲁衮管护站。天色阴沉，气温骤然下降。看来，今夜会有一场大雨要普降山林。说不定，明天早晨远处的山头上还能看到皑皑白雪呢。

第二日（7月31日）

蒙眬中，我们从噼噼啪啪的烧柴声中醒来。

昨晚，喀猴硬缠着把我的新睡袋换走。结果，他半夜冻得睡不着觉，而我在厚厚的旧睡袋里一觉睡到了天亮。喀猴感慨地说："看来，新的东西不一定就好，旧的东西不一定就不好。"我说：“不管旧的还是新的，关键要看效果。"就像我和巴扎尔别克这样的老护林员，关键的时候，年轻人还不一定能比得上我们呢。

　　起床到木屋外洗漱，一丝寒意袭上周身。经过一夜的雨水洗礼，山林在晨霭中泛着幽蓝。薄雾从河谷中轻轻升起，眼看着要弥漫开来，却又缓缓收起。如此反复几次，最终还是没有雾漫山峦。山里的气候就是这样，有时候水汽太大了，因为气温太低，反而拉不起浓雾。太阳从云缝中射出，照亮对面的山头，金光灿灿，昨晚果然雪盖山尖。

　　阿克乌鲁衮管护站是两座新盖的木屋，木屋的炊烟在晨曦中飘向空中，奶茶的香味从房门里四溢开来。年轻的护林员忙着烧茶做饭，绑马背鞍。这一切，使得这片原始山林有了些许人间烟火的味道。

　　早晨九点我们上马出发，沿河北上。今天，我们要从阿克乌鲁衮管护站赶到阿克吐鲁衮管护站。两个地名虽然只有一字之差，但却要跋山涉水，翻越达坂，穿越丛林。也就是说，我们要从"丫"字左面的叉，跨越到右面的叉。

　　天空慢慢放晴，山谷中开始雾气升腾。马队行走在泥泞的山路上，泥水会随着马蹄的踩踏四处飞溅。穿越丛林时，露水会像雨点一样打在人的身上。但不管怎样，森林中的清新空气总是让人周身都能充满愉悦的情绪。

　　我们来到卡拉迪尔山谷，阿克乌鲁衮河在此由两条河流汇合而成。向西，是欧勒衮河。向北，是卡拉迪尔河。我们今天要沿着卡拉迪尔河北上，然后翻越卡拉迪尔达坂，最后沿着阿克吐鲁衮河谷进入喀纳斯河谷。

　　进入卡拉迪尔河谷，河水明显小了许多。山路崎岖不平，一会儿是石头滩,一会儿是沼泽地。老护林员巴扎尔别克骑马走在我的前头,不时回过头来跟我说以往巡护时的奇闻逸事。他似乎更加信任他的马和他一样会老马识途,干脆松开缰绳扭头和我聊天。但让他意料不到的是,老马有时候也不一定就识途,他的马在经过一个泥潭时由于选错了路线,连马带人陷入了泥潭中。马挣扎了几下跳出了泥潭,巴扎尔别克表现还算灵敏,及时将双脚从马镫中抽出,仰面摔在泥潭中。几个年轻护林员将他从泥潭中拉出来,他的下半身已经满是黑泥。

好在离河水不远,将马和人都弄到河边,很快都洗干净了。

巴扎尔别克有一点不好意思:"我骑了一辈子马,还从来没有从马背上掉下来过。"

我说:"今天这叫阴沟里面翻大船啦!"

中午十二时许,我们来到卡拉迪尔河沟的深处。这里,山势已经不像阿尔泰山前山地段那般平缓无奇,山体开始变得陡峭挺拔。越往深处,越是层峦叠嶂,山顶之上奇峰突起,白雪皑皑,雾气弥漫在雪峰之上,雄伟的阿尔泰山从这里开始尽情展现它的风姿。

在绿草如茵的河边搭锅起灶,不失为绝佳的选择。巡护队员们下马休整,开始准备今天的午餐。

小河对岸的原始森林一直生长到半山腰上,再往上,是茂密的灌木林和夹杂生长着的稀疏松林。在一片巨大的碎石滩的上方,一条瀑布从山顶倾泻而下。瀑布来自何方,为何出现在碎石滩的上方,其中的奥秘吸引着我们要去一探究竟。

商议之后,我们决定留下大部分队员在河边做饭休整,我和巴依尔、喀猴三人组成小分队前去瀑布。我们三人骑马过河,在密林中爬至乱石滩的底部,马已经无法再往前迈出一步。于是,我们开始弃马爬山。从河谷对岸看，乱石堆的石头并没有多大，好像从一块石头踩着另一块石头很轻易地就可以上去。但真正到了跟前才发现，乱石堆上的石头大小不等，大的足有一间房子那么大，小的也不亚于一张桌子。要想从一块石头爬上另一块石头，必须要手足并用。有几块特大的石头，我们不得不用绳索做工具，一个一个地攀爬上去。这让我想起了在这样的环境下，为什么棕熊始终是爬行动物而没有进化到直立行走的阶段，爬行对于它们太有现实意义了。此时，我们这些早已进化到直立行走的人类，在这样的环境下也不得不重温我们祖先的行走模样。越往上走，瀑布的声音越大。快要接近瀑布时，我们向河谷看去，穿越过的森林在我们的脚下足有五六百米远，蹚过的小河更像涓涓细流，而马队和我们的其他队员则像蚂蚁一样，星星点点地在河边玩摆家家的游戏呢。

那么现在，让我来说说眼前这条壮美的瀑布吧。这条瀑布，是从一块巨大无比的花岗岩石上飞泻而下的。当然，这块花岗岩一定不是齐头齐脑的那样一块规整的石头，如若那样，这个瀑布一定称不上是一条好看壮观的瀑布。想当年，这里的山体绝大部分是白色的花岗岩体，剧烈的冰川运动使这些坚硬的石头被切割成大小不等的碎块。冰川运动的力量足以将一座山头削为山谷，它们将花岗岩体源源不断地运送到现在喀纳斯的中山地带。冰川退缩后，遗留下来的，是我们脚底这些被冰川遗落的碎石。好在冰川带走的，是当年阻碍它自由行走的山体。而这些悄无声息的无名之辈却得以幸存，而今，它们俨然成为这一带的高山雪峰。我们眼前的这条瀑布，正是从这些残留的雪峰之上蜿蜒而下，滴水成河，百川汇集，最后在这块当年残存的岩石上攒足了力气，然后倾泻而下。

瀑布

我们目测这条瀑布，上下足有四层楼房那么高，宽度足有四五十米。现在，正是枯水季节，如果是丰水期，它的壮观程度，无须述说也可想而知了。但不管怎样，现在的这条瀑布已经足以证明它是喀纳斯区域最大的瀑布。叫它瀑布之王，实至名归。

喀猴感慨地说："原来喀纳斯也有大瀑布啊。"我说："只是它藏在深山人未知呀！"

我们从瀑布的左方，艰难地移动到右方。随着视角的变换，瀑布也在变换着它的形状。但不管怎么变化，这条瀑布始终不变的，是它的大气磅礴和雍容华贵。在这样的瀑布面前，没有人会舍得扭头离去。

当我们再次像哈熊一样手脚并用攀下山崖时，已经整整耗去了三个小时。匆匆用过午饭，抬头看见河谷对岸的山头已经堆满了黑云。巴扎尔别克说："看来又要下雨，我们得赶快走。"老天爷很给面子，在我们攀登山崖探寻瀑布时，它始终在用蓝天白云眷顾着我们。

骑马继续行进，展现在我们面前的，是一幅极具西伯利亚特征的山水油画。大花柳叶菜开满在河床边，乳白色的河水舒缓地流淌在河谷的灌木林间，茂密的松林从沟底向峡谷两侧的山腰铺展。两岸的青山巍峨挺拔高耸云间。谷口的正北方是加格尔雪山下高大磅礴的卡拉迪尔达坂。

我们此刻，正是要去翻越那雪山之下的卡拉迪尔达坂。

深山里的天气变化无常，河谷对岸山顶的乌云随着风势向我们挤压过来，把刚才还蓝天白云的北方天空涂抹得灰蒙蒙一片。应了刚才巴扎尔别克的话，是要下雨了。细雨伴随着寒风很快就追上了我们的马队，所有人都将能穿的衣物全都穿裹在身上。越往北上，海拔越高，气温也就越低，细雨渐渐变成了雨夹雪。继续向北已经无路可走，风雪之中隐约可见的冰山挡住了我们的去路。现在，我们要向东翻越卡拉迪尔达坂，这是通往喀纳斯河谷的唯一通道。

卡拉迪尔达坂不像果戈习盖达坂那样险峻，但它却高大得似乎永远都爬不到山顶。天空中纷扬着鹅毛大雪，脚底下是雪水泥泞的草地，马队在爬完一个坡梁后前方又会出现一个望不到尽头的坡梁。连续几天的降水，高山草甸已经被浸泡成了雨雪交融的沼泽地。这里，竟有一处牧人的毡房。一白一黑两只大狗狂叫着远远地迎接我们，毡房前站着两个年轻的牧人。由于环境严酷，这一家只留有这两兄弟在这里放牧。海拔过高，这里不长树木，甚至连灌木都不生长。几截从沟底拉来的松木被两兄弟高高地供在毡房门口，生怕被雪水打湿了，那是他们用来生火做饭的唯一燃料。还有棕熊，两兄弟告诉我们，棕熊常常前来骚扰他们的生活。他们经常眼睁睁地看着体态肥大的棕熊大摇大摆地走进羊群，然后扛起一只肥羊向后山扬长而去。我们顺着牧人兄弟给我们指的道路继续往前走。他们告诉我们，爬到前方的那个坡顶，有一个图瓦人堆起的敖包，那里就是下山的道路了。在敖包处，我们仿佛站在了天上。

都说上山容易下山难，不光徒步如此，骑马同样如此。而且，上山爬多少的坡，下山也要走多少的路。天空不再风雪交加，但云雾遮挡住了下山的道路，我只感觉眼前是一个巨大的山谷。马儿在几近垂直的山道上谨慎下行，马蹄不时会在湿滑的草地上打几个趔趄。隔着云雾，我隐约看到脚下的山谷中有一道蜿蜒的白色河流，起初我以为是喀纳斯河，但随着云开雾散，发现山谷中没有几棵树，河流也是发源于不远处的几座冰山。我猜测这一定就是阿克吐鲁衮河了，它和阿克乌鲁衮河并行流入喀纳斯河的上游。也就是说，我们昨天从阿克乌鲁衮河流入喀纳斯河的出口进入，绕了一个巨大的弯子后，现在即将从阿克吐鲁衮河汇入喀纳斯河的出水口出来。举一个简单的例子，如果喀纳斯河是一面旗帜的旗杆，那么我们这两天行走的路线，就是这面向左面飘扬的旗帜的边沿。

但前方，仍有漫长的下山道等待着我们去艰难地走。

第三日（8月1日）

早晨，醒来时我才断定自己确实是睡在阿克吐鲁衮管护站的木屋里。因为，我做了一晚上的噩梦。在梦里，我一会儿是睡在盖满厚厚白雪的卡拉迪尔达坂上，一会儿我们还在漆黑的夜里骑马走在陡峭的山崖上，一会儿又是阿克吐鲁衮管护站的护林员在晚霞中迎接我们。我确定不了这些梦境的真假，我多么希望醒来时自己是真实地睡在管护站的木板床上。

　　昨天，我们确实走了太多的路程，经历了风霜雨雪，也感受了蓝天白云，最后，还看到了晚霞照映雪山的景致。下阿克吐鲁衮河谷时，喀猴的马开始拒绝下山了。无奈，喀猴只好徒步牵马下山。我们下到阿克吐鲁衮沟底，喀猴和他的那匹可怜的老马还在半山腰上。我们在沟底下马休息，等待喀猴和他的马慢慢下到河谷。天空开始放晴，从沟口向喀纳斯河谷对岸的层层雪峰看去，朵朵白云正从山尖升起。夕阳从我们下来的大山的另一面斜照到山谷对面的山头，条条溪流像白色的玉带从冰雪末端缓缓流向山谷。阿克吐鲁衮河像欢快的小马驹奔向喀纳斯河谷，河边盛开着大片紫色的大花柳叶菜。渐渐地，天色变暗，西天涂抹了几片橘红色的晚霞。我问巴扎尔别克："大概还有多长时间下到阿克吐鲁衮管护站。"他说："大概两个半小时吧。"听了他的话，吓得我们全都伸长了舌头。难怪，我们昨晚到达阿克吐鲁衮管护站时，早已空山寂静，夜幕降临。

　　今天，是巴依尔和巴尔斯的节日。起床后，大家都非常绅士地向他们表达了祝福之意。大学生军官巴尔斯说，能在巡边途中过一个节日，还真有意义。巴依尔和巴尔斯都是当地土生土长的图瓦人。巴依尔是白哈巴村人，应征入伍后，作风和军事技能过硬，现在已经担当了喀纳斯边防派出所的副所长。巴尔斯是喀纳斯村人，是个80后，大学毕业后入伍提干，现在已经成为派出所的业务骨干。从这两个年轻人身上不难看出，当地人通过自身努力，不仅融入了现代社会，而且已经成了保护和建设家乡的重要成员。

昨夜又下了一场大雨，空气中充满了雨水和青草的味道。巴依尔和巴尔斯帮助年轻的护林员在马背上捆绑行囊，看得出，他们从小就练就了这些在山里必须熟练掌握的生活技能。

今天我们将沿着喀纳斯河谷前往白湖，沿途大多是较为平缓的原始森林和林中空地。用巴扎尔别克的话说，与昨天的路途相比，我们今天走的将是高速公路。这也就使我们有了足够的时间来探讨一些平时感觉好奇的问题。

我一直弄不明白，阿克乌鲁衮和阿克吐鲁衮两条河流的名字如此相似，但这一字之差究竟蕴含着什么意义。按照巴扎尔别克的解释，应该都是白色的沟趟子或白色的河流的意思。我就对此有异议，如果真是一个意思，为什么两者非要差一个字呢？喀猴却有他自己独到的见解：阿克乌鲁衮因为河谷较小但河水流量大且水流湍急，翻译成白色的河流应该没有问题；而阿克吐鲁衮却主要说的是这条峡谷的幽深和幽静，那么翻译成汉语的标准意思应该是，流淌着白色河流的幽深峡谷。一条说的是河流，一条说的是峡谷。这样解释似乎很有道理，小的河谷流淌着一条白色的大河自然是白色的沟趟子，高深的峡谷中间流淌着一条白色的小河自然是流淌着白色河流的幽深峡谷。

巴扎尔别克说："从现在开始到白湖，途中还要经历十个沟趟子。"大家都说："我们经历了阿克乌鲁衮和阿克吐鲁衮两个那么大的沟趟子，你的这十个小沟趟子还能算得上是沟趟子吗？"

马儿和骑在它身上的人们今天心情都很愉快，密林中不时传出马儿快乐的响鼻和人们欢快的笑声。

巴扎尔别克更是来了兴致，他说："我给你们讲一个故事吧。从前，有一个老汉，在他快要离世的时候，看着自己的老伴想说什么话又不好意思说出来。老伴跟他说：'老头子你有什么话你就说吧,我受得了.'老汉从他睡的毡子底下摸出了五个羊髀石,含着眼泪说:'老婆子,我对不起你,我这一辈子嘛背着你有过五个相好.'老伴听后走出门去,回来的时候围裙里兜了二十八个羊髀石。"

我们全都在马背上笑翻了。喀猴说:"你的这个故事嘛,我们都听你讲了二十八遍啦!"

我说:"老巴下一次再讲这个故事,就是二十九个羊髀石啦!"

自然,我们接下来经过的十个沟趟子,就像十个小渠沟,在我们的欢声笑语中,轻而易举地被我们的马蹄甩在了后面。

从阿克吐鲁衮管护站到白湖管护站,正常速度要用三个小时,而我们今天只用了两个小时多一点就到了。白湖管护站是喀纳斯保护区内最远的管护站,距离中俄边境不足十公里。这里由于是保护区的核心区,至今没有人类生产生活的痕迹,因此它保存着喀纳斯区域最为完整的自然生态体系。

中午,我们在白湖管护站吃过午饭,接着骑马赶往七公里外的白湖。今晚,我们要露营在白湖湖边。明天,我们将利用一整天时间,对白湖周边进行巡护和野生动植物普查。

我们用一个小时的时间到达白湖西岸。湖边青草没过膝盖,在我们到来之前,这里没有一丝人类活动的迹象。柳兰、穿叶柴胡和聚花风铃草成片地开放在湖边的草地里。几棵当归孤零零地生长在湖边的石头缝隙中,愈加显得玲珑妖媚。湖北坡的果戈习盖达坂高耸入云,看不到山头。湖南岸的别迪尔套山重峦叠嶂、雪峰连绵。正前方的群峰上升起大朵的白云,乳白色的湖面在下午阳光的照耀下显得格外明亮。置身于这样的环境中,三天的马背颠簸劳累顿时化为乌有。我们每个人,像打了鸡血,兴奋异常。

考察队员在白湖边留影

在天黑以前,我们要做好两件事:一是搭建好晚上睡觉用的帐篷;二是利用风倒木做一个明天过湖用的木筏。我们分为两组,巴依尔和巴尔斯带一组负责搭建帐篷和做晚饭,巴扎尔别克和喀猴带一组负责找木头做木筏。我这个老护林员负责给两个组的人拍照留念,记录他们的工作过程。很快,五顶帐篷搭建好了,巴依尔和巴尔斯开始给我们做晚上吃的抓饭。而做木筏子就没有那么简单了,首先要找来不粗不细的几根风倒木(太粗了会很重,太细了又承载不住六个人的重量),然后截成五根差不多四米长的木筏原材料,中间再用四根小木棍把五根木头用钉子和铁丝牢固地连接起来,木筏子就基本做成了。光有木筏子还不行,还得有划木筏用的桨。于是又找来六根干木棍,用斧头砍成木桨。

木筏子完全做好放在湖边时,太阳离西边的山头还有一丈多高。抓饭的香味开始从帐篷边飘过来,经过一下午的体力劳动,

喀纳斯湖:一位山野守望者的自然笔记

这时大家确实都感觉到真的饿了。

　　吃过晚饭，太阳还没有落到西面的山头。我来到湖边，欣赏这人迹罕至的湖光山色。白湖本来的名字叫阿克库勒，直译成汉语就是白色的湖，因此人们通常就叫它白湖。白湖因湖水终年呈白色而得名。白色的湖水，来自于友谊峰西南侧的喀纳斯冰川以及白湖周围大大小小的众多冰川。在冰川运动中，白色花岗岩相互挤压，在冰层中夹杂着大量花岗岩粉末，冰川融化时，这些白色粉末被河水携带着流入白湖。从空中看，白湖是一个倒写的"人"字。人头是出水口，两条叉是进水口，靠北边的一条进水口来自友谊峰下的喀纳斯冰川，靠南边的一条进水口来自发源于友谊峰南坡的布的乌喀纳斯达坂。当然，这只是白湖的两条主要水源补给地，白湖周围的众多冰川也在为它源源不断地输送着水分。

　　就在我把自己的思绪放在空中尽情描绘着白湖周围的山川河流时，一阵山风吹过，从果戈习盖达坂的山顶涌来一片黑云，接着天空下起了小雨。我在想，如果过一会儿雨过天晴，太阳还没有下山，在白湖的上空很有可能会出现彩虹。因为下雨的地方只是我们的头顶和靠近我们这一边的白湖的上空，白湖对岸的天空依旧是蓝天白云。很快，山风将头顶的乌云吹散，太阳从西面的山头向白湖的方向照射过来。这时，我们所期盼的果真发生了。我们看见一道彩虹渐渐出现在白湖的上方，而且，这道彩虹愈来愈清楚，最后竟然变成了两道七色的彩虹。在喀纳斯区域，由于特殊的自然环境，雨后经常能看到漂亮的彩虹。能在白湖之上看到横跨两岸的双道彩虹，而且它的背景是洁白的湖面、两岸的群山和对岸的雪峰以及雪峰之上的蓝天白云，这真的有一点像在梦境中看到的景象。但同伴们的欢叫声告诉我，这一切的确真实地发生了。巡护队员们全都簇拥到湖边，惊叹这在人世间看到的只有在梦中才有可能出现的美轮美奂的奇特画面。双道彩虹在湖面上足足持续了十几分钟，最后，圆弧慢慢开始变淡，而插入靠近右岸湖水中的那两根弧柱，却越来越清晰地倒映在白色的湖面上。

我们全都肃立在湖边，面朝东方，向这个神圣的景致行注目礼。

当太阳被西边的山头遮挡住它的光芒，我们刚才看到的一切立刻不复存在。巡护队员们相互拥抱，互致问候，祝贺大家看到了刚才那难得一见的绝美景色。但热闹间忽然发现人群里多了两个年轻人，这着实吓了我们一跳。喀猴最先认出他们。两个年轻人分别是小崔和小陈，他们是中科院派来的研究生，专门调查白湖区域野生动物的种类和分布情况。他们已经在白湖周围的高山森林和湖区安装了三十多台红外感应自动摄像机，每天都要在这深山老林中徒步行走十几公里。小陈手中拿着一个纸袋，他告诉我们，他们刚才在湖边采集了棕熊的粪便，从粪便的新旧程度看，棕熊应该在昨天来过这里。

小崔和小陈还要赶到七公里外的白湖管护站，他们的身影很快消失在暮霭里。

我们提醒他们："走夜路，注意安全，明晚我们也返回白湖站。"

"明晚白湖站见。"丛林里传出他们稍显稚嫩的声音。

第四日（8月2日）

昨晚，我们的马就散放在我们睡觉的帐篷周围吃草。俗话说，马不吃夜草不肥，马全靠在夜间吃草补充能量。而且马是直肠子，可以一天到晚站在那儿不停地吃草。在草原上，你看不到一匹马是卧在那儿或是躺在那儿的。如果有一匹马躺在了地上，那它一定是一匹生病的马或者是一匹即将死去的可怜的老马。

马吃草的声音陪伴着我们睡去又醒来。在这样的声音中睡觉，人会感觉到极度的安全。马是极有灵性的动物，有马陪伴在身旁睡觉，就不用担心夜间会有棕熊或是其他野生动物侵扰我们。马虽然斗不过棕熊，但它在紧急情况下会嘶鸣和扬蹄，它会提醒熟睡的人们将有危险到来。自然，野生动物在这种情况下也不愿让自己处在任何危险之中，通常它们会转身离去，不会做无畏的冒险。

清晨，我穿好衣服，拉开帐篷的拉链钻出来，帐篷的外层防雨布结上了一层寒霜。天空晴朗，山林寂静，白湖沉醉在一层淡淡的晨曦中。巴依尔已经在生火做饭，火苗从石头垒砌的炉灶底欢快地舔着茶壶的周身。一缕青烟先是在松林间缭绕，然后慢慢飘向湖面，最后和湖面上轻柔的晨雾融为一体。太阳还被东方的山头遮挡在背后，但它早已把南岸雪山冰峰的尖顶照亮。光线从山顶逐渐向山下移动，等到移动到山腰之下，太阳从东方的山尖处猛然跃出，我们所在的湖岸被朝阳完全普照了。

早餐后，我们巡护队分为两组，一组由巴扎尔别克带队，留守在驻地，就地查看巡护。我和另外五人组成一组，划昨天做好的木筏沿白湖的周边巡护。这另外五个人是：巴依尔、巴尔斯、喀猴、恰特克、木拉提汗。

刚出发时我们几个人划桨的动作很不协调，木筏要么原地不动，要么就地打转。后来，巴依尔像训练军人那样给大家做示范，喊口号，不厌其烦地给大家讲基本动作要领。最后，经过突击训练的六个人终于做到动作一致，用力均衡，木筏才向着湖心慢慢移动。

这是我们有生以来第一次在海拔 1900 多米的白湖上划桨前行。要知道，白湖最深处达 137 米，平均水深也达到 45 米。在这样一个深水冰湖中划木筏渡湖，稍不留神后果将不堪设想。因此，我们选择沿湖边划行的线路，始终和湖岸保持着二三十米的距离。这样，一旦遇有不测，很快就可以靠到岸上。

我们是从白湖"人"字形的湖头向里进发的，现在我们将沿着"人"字形的一捺进到喀纳斯河流入白湖的入湖口，再拐到"人"字形的一撇划行到白湖的另一个入水口布的乌喀纳斯河，然后，从那里登上别迪尔套山，考察那里的冰川冻土和野生动植物资源情况。

"人"字形的白湖

在面积达 9.5 平方公里的白湖上不靠机械动力，全凭人力划桨来沿湖考察，在用力划桨的时候认真想一想这件事，我们这些人的胆子还真够大的。要知道，白湖的面积虽然不到 10 平方公里，但它的湖面是不规则的，它是一个"人"字形的湖。而且，我们的划行将是沿着这个"人"字的周边划行一圈，这一圈，少说也有十几公里。

就在我们的木筏拐入喀纳斯河谷方向的时候,喀猴兴奋地压低声音喊道:"快看,那个入水口的岸边有一只棕熊。"我们迅速将木筏划行靠岸,借助岸上的石头做掩护,观看入水口那边的情况。

在喀纳斯河流入白湖的白色沙滩上,我们清楚地看到一只体型庞大的棕熊独自在那里戏耍。它一会儿低头喝水,一会儿抬头向四周张望。我们用望远镜想搜寻还有没有它的同伴,但周围没有任何动静。喀猴说,这是一只公熊。没错,在这个季节,正是幼熊的成长期,母熊都会带着它们的孩子在自己的领地四处觅食。这些年,我们巡护中看到的母熊一般都会带着一到两只小熊,最多时我们看到过一只母熊带着三只小熊在山坡上玩耍。而公熊就不同了,公熊在山林中往往都是独来独往,如同孤家寡人一般。母熊只有在发情期才会允许公熊在身边存在,它们一旦怀孕生子,就会远离公熊,爱子如命,全身心地养育自己的孩子。因为公熊为了占有母熊,往往会不择手段地杀害幼熊,所以母熊在哺乳期间绝不会让公熊靠近身边半步。在公熊面前,母熊会显示出极强的护子本能。

我们想要把木筏再往前划一点,以便更清楚地观察公熊的活动迹象。但公熊似乎觉察到了我们的存在,快速向入水口对岸的密林跳跃着跑去。公熊跑几步还要停下来,回过头来向我们这边张望一下,显得极不情愿的样子。

我们继续划着木筏,从"人"字的一捺划向"人"字的一撇。这一捺到一撇,足足耗费了我们三个小时。

临近午时,我们才把木筏划到布的乌喀纳斯河流入白湖的入水口。我们真正体验到了什么叫逆水行舟,不进则退。从喀纳斯河入水口划向人字的拐弯处,基本上是顺风顺水,使大家节省了不少的体力。但一过拐弯处开始往布的乌喀纳斯河的这条沟划行的时候，既逆风又逆水，人累得半死，却感觉不到木筏是否在前进。我们索性把木筏靠近湖的岸边划行，这样既可以远离河道的主流，又可以借助山势阻挡风对木筏的阻力。

我们进入白湖的这一条入水口，应该是人类有史以来第一次涉足这里的沙滩。为了减轻木筏的负荷，我们只带了一小袋干粮和一只烧水的茶壶。巴依尔的野外生存能力非常强，他找来一根胳膊粗细的木棍，斜插在沙滩上，用刀子在离地五六十厘米的地方刻了一个深槽，将打上水的茶壶挂在木杆上，然后在茶壶底下点起一堆火。很快，我们就喝上了热气腾腾的茶水。

就在巴依尔做着这些的时候，喀猴和巴尔斯也没有闲着。喀猴在河谷沙滩的灌木林里发现了许多大小不等的棕熊的脚印，他把它们一一拍照并记录下这些脚印的特征。巴尔斯在认真地擦拭着他一路背来的半自动步枪，他的任务是在野生动物袭击我们的时候开枪吓走它们。恰特克和木拉提汗却在那儿争论他俩到底谁留下来看护木筏。喀猴做完他的工作回来决定说："恰特克腿长爬山快，还是木拉提汗留下来看护木筏。"实际上，在这样的环境里，没有人愿意一个人待在一个地方，集体行动是最安全的选择。

喝完巴依尔烧的热茶，我们现在开始创造一项类似于人类登月的历史纪录，攀登白湖南岸的别迪尔套山。的确，这里是名副其实的无人区。无论是从东西南北，无论骑马和徒步，都无法进入这个区域。东面，是白雪皑皑、高大巍峨的友谊群峰。南面，是连绵的雪域高原和亘古冰川。西北面，则有崇山峻岭下的白湖和汹涌冰冷的几条大河阻挡。用木筏做交通工具并成功横渡了白湖，这在白湖上还是首创。

从第一步开始，我们已经切实感受到，今天要攀登的这座山，不仅仅是立体的，还是陡峭的，并且是高大的。我们选择从一处山脊登山。首先，我们要穿越五百米左右几近在垂直山体上生长的密林，这里主要生长着西伯利亚云杉、冷杉和很少一部分五针松，林下多为柳属乔木以及其他交错生长的灌木。在这样的丛林中登山的难度可想而知。我们选择沿山脊攀登，就是为了能很好地观察地形，避免在密林中迷失方向。

在这样的原始密林中穿行，尤其要防范野生动物的偷袭。这一区域，正是棕熊活动的领地。巴依尔从巴尔斯手中接过半自动步枪走在前面，剩余几人紧随其后。越往上攀登，山势越陡峭，森林就长在岩石之上。我们脚下是长期积累的厚厚的腐殖质和潮湿的苔藓，稍不留神双脚就会陷进石缝当中。忽然，巴依尔在前面示意我们停下脚步。我们全都躲在岩石下，屏住呼吸，不敢发出任何声响。山林寂静，空气凝重。我们这时最害怕听到的是巴依尔的枪声，毕竟和棕熊狭路相逢，是大家都不愿碰到的事。过了一会儿，巴依尔又打手势叫我们过去。他指着地上的一堆棕熊粪便说："看，应该是哈熊昨天从这里走过留下的。"我们愈发感觉到棕熊随时都有可能会忽然出现在我们面前，身边随时都可能发生危险，大家都紧紧跟在巴依尔身后，生怕自己掉队后成为棕熊口中的美餐。

终于，我们手脚并用地攀登到林子的尽头，站在山脊的一块凸出的岩石上，脚下是一条深深的"U"形谷，河谷中流淌着一条蜿蜒的河流。河谷的最上方，是连绵的雪山。雪山之下是一条冰舌严重萎缩的冰川，小河正是发源于这条冰川之下。喀猴说，这条冰川名字叫48号冰川，今天终于能够近距离看到它了。这是喀纳斯湖区域内两百多条冰川中的一条，实际上，这些冰川绝大部分都集中在喀纳斯河的上游区域，喀纳斯河，包括它下游的喀纳斯湖，正是这每一条冰川融化后形成的涓涓细流汇集而成。冰川融化后形成了河流和湖泊，流向下游，滋润着广袤的大地。而冰川本身，却像耗尽了血液的躯体，不断向后萎缩。我们眼前的这条冰川，就足以证实喀纳斯现有冰川向后加速退缩的严重性。

天空中开始涌起朵朵白云，对面雪山的轮廓时而清晰，时而模糊。这几天的天气很有规律，早晨是碧蓝的晴空，中午大朵的云彩布满天空，到了下午就变得黑云压顶，免不了有一场或大或小的雨。看来今天也不会例外，我们必须要加紧后面的行程。

好不容易才将密林甩在了脚下，前面又是大片的石砾堆满山腰。接下来的路程和我们第二天去看瀑布的艰辛程度差不了多少，我们必须要从一块石头跳向另一块石头往前行走。这些石砾都是数千年前地质运动从山顶上滚落下来的，石砾上的石藓足以证明它们的年代。我们向山下看去，白湖已经开始呈现在我们面前。但现在我们看到的白湖，只是细长的一条白色湖面，因为我们现在的高度还不足以看到它的全貌。

那么我们要看清白湖的全貌，就必须向上攀登到足够的高度。当我们跋涉过漫长的石砾堆，紧接着阻挡我们的是浓密的灌丛，这些灌丛是清一色的高山小叶桦。它们应该是疣枝桦的变种，因为海拔太高，它们不得不变异成为低矮的灌丛，在这里匍匐着生长。也正因为如此，小叶桦枝干交错，长得极为稠密。而且这里山势陡峭，我们每迈出一步，都要用手拽住上方的灌丛，手脚并用向前跋涉，否则我们只能困守原地了。在这高高的山巅之上，在低矮灌丛中的碎石堆中，大花柳叶菜和西伯利亚耧斗菜正娇艳地开放着。

就这样，白湖在我们的脚下，一寸一寸展现在我们面前。起初，它只是一道细长的湖面，随着我们一步步登高，它一点点将它的面貌变宽变长。当我们攀登到超过海拔3000米的高山草甸处，我们的脚下几乎已经没有了可供站立的土地。这里是超过70度的陡坡，每走一步，都会带动无数的碎石向山下滚落。再向上攀登，已经不再可能。我们决定停下脚步，终止这次以生命为赌注的赌博。我们依着山势坐下来，平心静气地面朝山谷，内心不由肃然起敬。在我们的眼前，在崇山峻岭之中，分明是一片呈"人"字形的乳白色的湖。这片湖，最初我们看不到它的形状，但随着我们一步步登高，它愈来愈神形并茂地展现在我们的面前。看着眼前这片像牛奶一样洁白的湖，我们既兴奋又自豪。在这个从来没有人类涉足的高山之上，我们是用我们的双脚，一步一步地将眼前的这个湖丈量成了"人"字的形状。

　　白湖的上空布满了阴暗的乌云，我们必须要赶在天黑之前返回白湖管护站。我们后面的路还长着呢，要连滚带爬地下山，要将木筏从湖尾再划回湖头，还要将湖头的帐篷收起，骑马回到白湖管护站。当做完这一切，不到夜幕降临，那才怪呢！

第五日（8月3日）

　　本来我们是下决心要睡到自然醒再起床的，但这个自然醒却来得过早。也许是昨天我们都付出了太多的体力，使得我们夜晚的睡眠质量过高，也许这山林之中的负氧离子过于充分让我们在最短的时间就恢复了体力。总之，这几天我们虽然睡得晚，但却都能早早地醒来。而且，过量的体力付出并没有让我们感觉到丝毫的身心疲惫，相反，我们每个人都变得精神倍增并且身轻如燕。

　　我走出炉火正旺的木屋，看到室外的遍地野草铺满了寒霜。今天又是一个好天气，峡谷上方的窄长天空上没有一丝云彩。白湖管护站所处的位置是整个喀纳斯河谷中最为狭窄的地段，西面是陡峻的山坡，东面是滔滔奔流的喀纳斯河。河谷的宽度不足两百米，是一个"一夫当关，万夫莫开"的险要通道。也正因为如此，这个管护站也成为阻挡非法采挖人员越境采挖的最后屏障。它在喀纳斯保护区所承担的作用是别的管护站无法替代的，我们戏称它是我们这个区域最后的一道国门。

一只星鸦像箭一般从管护站前的小树林飞向河边的丛林，我跟随而去。星鸦在飞行时总会发出"嘎"的叫声，不同于其他的鸟类，它鸣叫的声音直接而干哑，就像它飞行的速度，声到身到，直来直往。我在丛林里找到它的身影时，这个可爱的小家伙正在一棵红松上啄食松子。星鸦是针叶林中的精灵，每年在松子成熟的季节，它都会采摘大量的松子埋在树根底下。到了冬季和春季，它就会在林中寻找自己贮藏的食物。当然，它们找到的往往不一定是自己埋在地下的食物，它们有可能吃到的是它的同类偷藏的食物。但不管怎样，星鸦们享受着彼此的劳动成果，同时也在做着给森林更新育种的工作。这只星鸦似乎也发现我对它观察太久，不等吃完一个松塔上的松子，又箭一样地从密林中飞走了。

我回到管护站，巡护队员和管护站的小伙子们也三三两两起床了。直到这时我才看到小崔和小陈的身影，他们俩昨天出去收取安装在各个点上的红外感应自动摄像机，晚上比我们回来得还晚。

小崔打开他的电脑，让我们观看从摄像机上下载的照片和录像。他们昨天总共取回了七台自动摄像机，但摄取的内容已经足够让我们兴奋不已。这些摄像机白天工作是靠捕捉到动物移动的目标，晚上工作是靠动物活动带来的热感应。而且摄像机捕捉到拍摄目标后先是连拍两张照片，紧接着开始录像。摄像机记录下来的有棕熊、马鹿、貂熊、雪兔等珍稀动物，而黑琴鸡、花尾榛鸡、松鼠以及鼠兔等就更是镜头中的常客了。其中一个镜头特别有意思，一只成年母熊带着两只幼熊来到摄像机前，母熊对着摄像机研究了半天，最后像是要尝尝摄像机的味道，伸出舌头把镜头舔得模糊不清，似乎是感觉味道不好，然后扬长而去，小熊尾随其后像躲避瘟神似得狼狈逃窜。小崔和小陈告诉我们，等一个月后三十多台摄像机全部取回后，一定会有更多珍贵的动物和它们活动的画面呈现给大家。仅从目前这几台获取的资料来看，对喀纳斯实行保护并禁猎二十多年来，保护区内的野生动物，无论在种类上，还是在种群上，都得到了非常有效的恢复，这着实令人欣慰。

吃完早饭，我们开始返程。今天，我们的任务就是返回喀纳斯湖下湖口区。还记得我前面说过，我们这次行程是一个向西飘扬的旗帜的形状吧？是的，我们今天就是要从旗杆的杆顶返回到旗杆的底部。虽然行程单一，但却要骑在马背上整整走八个小时。

告别白湖站，我的内心隐隐生出一丝悲凉的情绪。当了那么多年的护林人，也算是走遍了喀纳斯的山山水水，仅白湖我就来过五次。如今，自己的头发已经变得花白，体力也明显感觉不如从前。像这样的巡护，不知道自己还能再来几次。在大自然面前，一个人就像一只小虫子那样弱小和无助。短短的几十年时间，人从出生到逐渐老去，仿佛是一瞬间的事情。回过头来看看自己经历过的一切，顿感人生苦短，生命如梭。但让我们庆幸的，是身边的自然还青山依旧，流水如常。

我们骑马在丛林中穿行，返程的马儿总是情绪高涨，健步如飞。这是一片成年林，树干粗大，树冠参天。五针松是这片森林中的佼佼者，堪称林中之王。五针松挺拔俊美的身姿，一直以来总是让我叹为观止。它笔直粗壮的腰身，娟秀婆娑的树冠，让同林中的其他树种自惭形秽。也正因为这是一片成年林，林中的倒木也大多是参天的古木。一棵树，它也有自己的生命周期，只不过它的轮回要大过我们每个人的几倍甚至十几倍。通常，我们看不到一棵树从生长到死去的整个过程，就像一棵树无法证实冰川消融的整个过程一样。实际上，大自然和我们人类一样，也在进行着生老病死的演变过程。只是我们每个人的一生太短暂，以至于根本看不到大自然从有到无的周期变化。

早些年，冰川学家崔之久教授告诉我，我们现在正在走的这条喀纳斯河谷，在两万年前，还被几百米厚的冰川覆盖着。那时，喀纳斯区域大部分山川河谷都覆盖着冰川。而在更早期的十二万年前，喀纳斯的冰川甚至长达一百多公里，一直延伸到现在的驼颈湾区域。这还都是现代冰川，至于古冰川，那都是二十万年以前的事了。比如地球两极周围所覆盖的冰层，它们的寿命都可以追溯到二十万年以前。我记得我追问教授："那么我们眼前的冰川彻底消融之后，我们人类该怎么办？"教授显得非常乐观："还会有一个冰期要到来。"我再问："在那个冰期到来之前我们怎么办？"教授显得很严肃："所以我们经常提醒人类，最好不要人为加速眼前这些冰川的消融。"我记得当时我们都沉默了很久。

现在，骑马走在深深的河谷里，我努力地展开想象，想象教授所说的古时的冰川，会是何等的绮丽壮观和不可名状。那时的冰川应该像一只巨大的冰盖，把阿尔泰山的崇山峻岭覆盖得白茫茫一片，它们在阳光的照射下放射出晶莹剔透的蓝色光芒。壮丽磅礴的冰川为每一条河流提供着丰沛的水源，额尔齐斯河一定宽阔得茫茫无边，奔腾的河水使得两岸的广袤大地绿意盎然，生机勃勃。

但这些年，我们又的确看到了大自然加速演变的另一面。气候在变暖，冰川在消融，河水在变小，草原在退化。这一切，与自然本身的演变周期有关，但我们人类对自然过分贪婪的索取也加剧了它恶化的速度。在大自然演变进程的这一出大戏里，我们人类往往充当不好主角，也饰演不好配角，我们经常扮演的是遭人唾弃的丑角。我们既然没有能力演好主角和配角，我们能否尽量少去扮演可恶的丑角。更多的时候，我们只需静静地躲在一边，老老实实地充当大自然的观众，少去人为地招惹它，而应努力地去适应它，去顺应它，去呵护它，去欣赏它，更不要做什么人定胜天的所谓大事。就像我们面前的这些冰川、河流和湖泊，人为地稍微触碰，可能就会带来巨大的灾难。

喀纳斯冰川谷地

　　湖泊来源于河流，河流来源于冰川，当这些日益萎缩的冰川最终化为乌有的时候，我们眼前的河流和湖泊中流淌着的，还会是我们人类赖以生存的生命之水吗？那时在大地上流动的，一定只有黄沙、乱石，土地也会干裂。真正到了那时，我们人类只能是欲哭无泪，走到了尽头。

　　那么，让我们守护好自己身边的这块自然山水吧！如果你身边有一棵孤独的小树，那一定是你深情的回望，请常常用水把它浇灌，让生命之树向着太阳快乐生长；如果你身边有一条欢畅的小河，那一定是你内心的向往，请不要随意修筑堤坝，让河流曲曲弯弯自由流淌；如果你身边有一座巍峨的大山，那一定是你热恋的地方，请送去你仰望的目光，让雪山和冰川永驻生机和希望；如果你身边有一片自由的大海，那一定是你梦中的故乡，请时刻保持敬畏的距离，让海水永远碧波荡漾蔚蓝如常。

想到这些，我的内心忽然感到豁然开朗。我仿佛不是骑马走在喀纳斯的河谷里，而是骑着一匹腾云驾雾的飞马，行走在高高的阿尔泰山的山岭之上。原来，我的内心并没有变老，作为一个老护林人，我仍然还保留着一颗年轻的心。我之所以能保留着一颗年轻的心，正因为像少女一样年轻的喀纳斯，给了我无限爱它的理由和动力。想着这些，我就会心情愉悦地扬鞭策马，穿越一片又一片森林，蹚过一条又一条河沟。八个小时的骑马行程，对一个心态年轻的老护林人来说，根本不在话下。

当马队穿越最后一片森林，展现在我们面前的，是夕阳斜照下波光粼粼的喀纳斯湖。在二十四公里的湖外，有我的亲人和同事正守候着我的到来。

湖岸上的树

HuAnShangDeShu

那天从深山巡护归来，要乘船渡过狭长幽静的喀纳斯湖。湖面碧波荡漾，清风送爽。坐船行至湖面的一道湾处，我习惯性地抬头向湖东岸的悬崖上望去，竟然发现崖壁上的那棵五针松不见了。起初以为是自己老眼昏花，没看清楚。赶忙揉揉眼再仔细看，发现那棵挺拔的五针松竟然被连根拔起，横躺在了崖壁的上方。

于是内心一片悲戚，我那站在悬崖上守望湖面已经有一百多年的五针松呀，你怎么竟如此不近人情地弃我而去了呢？又是谁将你挺拔的身躯硬生生地从陡峭的山崖上抹去了呢？要知道，这无情的一抹，抹去的可是喀纳斯湖畔一道别样的风景。

回到护林站，我茶饭不思，辗转反侧，连做梦都要梦到湖岸上的那棵五针松。我百思不得其解，一棵好端端的松树怎么就会糊里糊涂地轰然倒地，忽然死去了呢？要知道，一棵长在崖壁上的树能生存一百多年，它要经历多少风霜雨雪的磨砺，怎么可能会轻而易举地死去呢？

但我的眼睛没有欺骗我自己，那棵五针松确实是倒在了悬崖上。在一百多年的生命进程里，它不知道躲过了多少灾难，唯独这次，它没能幸免于难。我要迫不及待弄清楚的是，让它轰然倒下的，到底是人为的力量，还是自然的作用。

难过了几日，我约了两个同是护林人的伙伴，去看那棵我日思夜想的五针松。我们沿着湖岸边的林间小道，从喀纳斯湖的出水口向一道湾的崖壁处徒步行走。这条小道被称为泰加林小道，四周长满了西伯利亚落叶松、五针松、云杉、冷杉和疣枝桦。在这样的混交林中行走，五针松的形象最为抢眼，它们树干挺拔，树冠婆娑，被称为林中骄子，它同时拥有一个好听的学名，叫新疆红松。走在林间小道上，你能听到喀纳斯湖的波浪轻轻拍打湖岸的声音，那声音像音乐，特别有节奏感。

  这段路足足有五六公里长。起初，我们陶醉在森林与湖水交相辉映的风景里，似乎暂时忘记了悬崖上的那棵倒下的松树。但越往里走，越是感觉到今年湖岸上的这片森林有别于往年。渐渐地，我们看到一些松树被连根拔起或是拦腰折断。再走不多久，我们被眼前触目惊心的一幕惊呆了。我们怎么也不会想到，在快到一道湾处的湖岸边，松林竟然成片地匍匐倒地，惨不忍睹。要知道，这些松树大的有几百年的树龄，小的也已经生长了上百年。

  我们不用再取证分析，现实足以告诉我们，这些高大无比的松树都是被大风刮倒的。我们讨论着，要成片刮倒这些参天大树，风的力量和速度会是何等的猛烈呀！横躺在小道上的松树已经被附近的护林人用油锯清理过，可见这些大树被风刮倒已经有些时日了。好在再往里走，倒木比我们前面看到的明显减少了。我们刚才激动的情绪也开始慢慢平复下来。

  我们攀爬上一道湾处的悬崖上方，这里保存着大量的古冰川运动留下的遗迹。羊背石、冰臼、冰蚀凹槽等冰川遗迹屡见不鲜，虽然经历了几十万年的风吹雨打，但悬崖顶端冰川当年摩擦岩石的痕迹依旧清晰可见。在冰川巨大无比的力量面前，坚硬的岩石都会被它削峰填谷，包括我们眼前宽阔狭长的喀纳斯湖，它同样也是冰川刨蚀作用下形成的冰碛堰塞湖。在自然界里，冰川的力量往往胜过岩石的坚硬。

  站在高高的崖壁上方，我们眼前是波光粼粼的喀纳斯湖。那棵轰然倒地的五针松，就在前方悬崖的边上。过去，我常常一个人来到这里，独自欣赏湖岸上这棵孤独的松树。不管是春夏秋冬，还是风霜雨雪天，它就像是一个忠诚的卫士，始终守护在喀纳斯湖的身旁。它站在高耸峭立的崖壁上，玉树临风，孤傲无比。喀纳斯湖周围生长着亿万棵松树，只有这棵松树生长在了险峻的山崖上方，因此，它被人记住了。我曾经站在这棵悬崖上的五针松旁，它的个头足足高出我十几倍，站在它面前，我显得那么的微不足道。站在一棵松树跟前，人是显得那么的渺小和无助。就这样，这棵树孤芳自赏地站在那里，站立了一百多年，把自己站成了喀纳斯湖边一道不一样的风景。

湖岸上的树

现在，它却倒在了湖岸岩石的上方。摧倒它的，不是人为的破坏，不是闪电霹雳，恰恰是来自湖面上的山风。想当年，这棵树的生长也许正是来自风的作用。一颗松果被山风吹落在了悬崖上的石缝里，种子接触到了土壤，恰恰又赶上了雨水的滋润。于是，松果开始发芽，幼苗慢慢长大，是喀纳斯湖水散发出来的潮气，养育了这棵挺拔的林中骄子。等它长到被山风刮倒的时候，它足足生长了一百多年。大自然就是如此的神奇无比，一棵树的生长缘于山风,它的死去也毁于山风。这也许就是大自然生生不灭的因果关系。

　　好在我们眼前倒下的这棵大树,它周身长满了上百颗松塔。或许再过一百年,这悬崖之上会长满密不透风的红松林。我努力想象着,在松涛之下,那时的湖水还会和今天一样,依旧碧波荡漾。

骑行山野

QiXingShanYe

我这个老护林人哪，每一次的深山之行，总会有所收获。在我日渐衰老的身躯受尽皮肉之苦的同时，内心的愉悦却像上了一次天堂。当然，这种愉悦来自于骑行山野之后的全新发现。

一、阿齐布鲁克

这次巡山和以往不同，我们不是骑行在深深的河谷林地中，而是行走在喀纳斯高高的山巅之上。2015年的盛夏时节，三天时间里，我们穿越了喀纳斯区域著名的波勒巴岱山峰。我们此行的目标，是考察波勒巴岱山冰川遗迹和周围森林草原的生态变化。同行的，有冰川学者，也有动植物专家，还有户外探险的专业人士。

在走上山巅之前，我们必须由下至上几近垂直地穿行过茂密的原始森林。第一天，我们几乎用了整整一天时间在攀越。我们或者骑在马背上或者下马徒步，但始终处在攀登的状态。

喀纳斯大大小小的山沟都生长着茂密的原始森林，我们出发的这片森林生长在喀纳斯湖下游的阿齐布鲁克山沟中。山沟中有一条小河，名字就叫阿齐布鲁克河，山体的落差使得河水在大大小小的石头上跳跃奔腾。这一天的天气极好，天空中没有一丝云彩。因此河水清澈透亮，水量也不是很大。如果赶上下雨天，雨水就会带着山上的泥石使得河水变得咆哮汹涌并且浑浊不堪。

在图瓦语里，阿齐布鲁克是感恩泉的意思。图瓦人祖祖辈辈口口相传着一个故事。当年，成吉思汗率大军西征途经喀纳斯，多数士兵水土不服，轻的皮肤过敏，重的身上溃烂生疮。国师丘处机寻遍喀纳斯湖周围的山山水水，最后终于在喀纳斯湖下游一处山沟找到一眼专治士兵皮肤病的温泉。温泉水量很大，在山沟里形成了一条温暖的溪流，无论冬夏，山沟里都仙气蒸腾。于是，丘处机命令近二十万士兵轮流在这条温泉里浸泡治病。果然，士兵们的病很快被治好，可以继续西征打仗了，但这条温泉却不再有温度，变成了冷泉。成吉思汗感念这条温泉的救命之恩，下令命名这条山泉为阿齐布鲁克，告诉人们要感恩圣泉，知恩图报。自那以后，喀纳斯湖边留下了一支小型部队，成吉思汗专门命他们来看护喀纳斯湖和它周围的冰川泉水免遭破坏。据说，现在生活在喀纳斯湖畔的图瓦人就是他们的后代。

丘处机当年跟随成吉思汗西征途经阿尔泰山这片神奇土地的时候，已经是七十几岁高龄的老人了。但这位长者深深迷恋上了这片金山银水，就在那一年金秋的某个夜晚，他站在高高的阿尔泰山上，面朝奔涌西去的额尔齐斯河，吟诗抒怀道："金山南面大河流，河曲盘桓赏素秋。秋水暮天山月上，清吟独啸夜光球。"试想，在金戈铁马驰骋疆场的闲暇时光，一位周身洋溢着道骨仙风的老人神采飞扬，面对眼前壮丽的山河，把酒临风，吟诗作赋，那是何等的气势磅礴。每每想到这样的场景，我总能感受到自己的体内热血奔涌。

经验告诉我，阿尔泰山看上去似乎平缓无奇，但当你攀爬起来的时候就会切身感受到它的陡峻奇险。这可能是因为阿尔泰山由低到高恰似一个个阶梯，远远看去它们像是一个个平缓的台阶，而要从一个台阶攀爬上另一个台阶，它们之间都是陡峭的山崖。

山谷狭窄，森林密不透风，我们不得不选择在靠近阳坡的林间空地中缓慢前行。河谷之中空地极少，更多的是稠密的树林和齐腰深的野草。起初，羊肠小道还依稀可见，但走了不久，路径就在乱草丛中变得模糊不清，而且山势愈发陡峻。三个向导商量后选择穿越阿齐布鲁克河，然后沿着更浓密的原始森林从背阳的阴坡向上攀行。

我们全都在高低不平的大石滩前翻身下马，选择最窄的河段相互搀扶过河。但其中一个向导自以为骑术高明，快马加鞭从陡峻的大石块上穿越，结果连人带马翻倒在两块石头中间。马被四脚朝天夹在石缝中，向导的一条腿也被死死地压在马背之下。我们蜂拥而上试图帮助马翻身站起来，但这匹可怜的老马无论怎么使劲始终都是四只蹄子在空中乱踢乱蹬，向导的腿也无法从马背下抽出来。

喀猴是非常有经验的护林人，他带领另外两个向导一人在马头前抓住马鬃，两人在后拽住马尾巴一起用劲向上提，马挣扎了半天终于翻身站立起来。我原先想象向导压在马背下的那条腿可能会受伤，正琢磨如何把他送回山下治疗。但当马站立起来后，向导也随即从马肚子底下快速逃脱出来，好像刚才没有发生过任何事情似的。看来，感恩泉再次显灵，保佑了这个成吉思汗的后代没有受到皮肉之苦。

真是虚惊一场！大家相互拥抱鼓劲，我们的队伍又可以整装出发了。可是前面的山体就像是迎面竖立在我们面前一样，要想再骑马行走根本不可能了。我们只好每人牵着自己的马，在密集的森林里艰难地攀爬。

这片森林以云杉和冷杉为主，云杉和冷杉的下半身枝叶婆娑，在这样的林子里行走异常艰难。有时候，前面的人把阻挡自己的松枝朝前搬起让自己和马过去，松手后松枝却正好抽打在紧跟在后面的人身上。所以，每次穿越完这样的丛林后，护林队员们的脸上和手上都会或多或少带一些伤痕。

每一次这样徒步攀登大山，我就会愈加感受到人在大自然面前的无助与卑微。我始终认定图瓦谚语的正确：人再高也在山下。我特别反感这些年一些人跟风去攀登珠穆朗玛峰这类事情，似乎谁能登上珠峰，谁就战胜了世界上最高的山峰似的。当然，如果你是专业的登山队员或是做科学考察，那要另当别论。但一些人当他们事业不顺、心灵受到了某种创伤，他们就选择去攀登珠峰，好像珠峰是专门用来给凡夫俗子们慰藉心灵伤痛用的灵丹妙药。珠峰是什么？珠峰是地球上最为高贵的那个制高点，它洁白无瑕、高不可攀，我们本应该把她当作神一样地供在那里，去仰望她，而不是去践踏她，因为那里是我们人类共有的心灵的圣地。每每想到圣洁的珠峰常常被人类的脚印玷污，甚至在她的山脊之上横尸遍野，我就会痛心疾首。正如梭罗在它的《瓦尔登湖》中写道的："为什么人们一生下来就开始挖掘他们的坟墓呢？"

  其实，自然界的万物本无高低贵贱之分，而我们人类的灵魂却有着明显的纯洁与龌龊的区别。只要你胸怀坦荡，充满阳光，内心少一些灰暗阴霾和小肚鸡肠，原野上的一棵小草和雄伟的大山对你的灵魂具有同样的药用价值。当我们面对困难的时候，我们是不是可以俯身面向大地，尝试着去请教地上的一只蚂蚁，看看它是如何用弱小的身子顽强地搬动比自己体重重几百倍的物体；我们也可以探寻一棵小树如何在岩石中生根发芽，破石而出，在极其恶劣的环境中，向天空伸展自己不屈的生命；当我们的生命中每一次遇到困境感到困惑的时候，我们都不妨去请教大自然，你身边的每一片泥土、每一棵小草都可以治愈你的伤痛，抚慰你的灵魂。我又想起来我们行走的这条山沟的名字：感恩泉。是的，我们来到这个世上要感恩的东西很多，但归根到底要感谢的是赋予我们生命的大地。没有大地就没有一切。大地即自然，因此我们要感恩自然，膜拜自然，爱护自然。在大自然面前，我们要老老实实地做一个小学生，做一个守望者，做一个关爱者，而不是时时刻刻都想着去征服它、改造它、破坏它。要知道，大自然是我们人类永远的老师。

想着这些，我们已经牵马走出了陡坡密林。前面是一片较为开阔的林间空地，山势也比刚才舒缓了许多，这里正是策马扬鞭的绝佳地带。这一块的山势，正是我们前面说过的阿尔泰大山的一个台地。

六月下旬，在海拔 2000 米的高山上正是鲜花盛开的季节。茂密的森林底下花草稀疏，只有林间空地中才会青草茂盛，鲜花纷繁。芍药花的花期较早，它怒放的季节已经过去，花苞上只剩下三三两两的花瓣在迎风摇曳。金莲花正是铺天盖地开放的时节，金黄色的花朵从我们的脚底一直铺展到远处的坡顶。还有紫色的大花耧斗菜，它们在微风里被阳光照射得耷拉着娇嫩而硕大的花瓣。在这夏季清凉的高地上，山风轻轻吹来，我们大口呼吸着山野的味道，内心和皮肤同样感受着晌午阳光的暖意。

该是午饭的时间了。早晨，从各个管护站抽调的马匹到达出发地时太阳已经爬到河谷的正上方，准备物资和打马垛子又耽误了不少时间。每次深山之行都会如此，无论前期工作准备得多么充分，总会有一些丢三落四的遗漏会延误出发的时间。但是一旦正式出发，经验成熟的队员们就会按部就班地做好各自分内的工作。

午饭自然由经验老到的喀猴带领大家来做。他安排年轻的护林员找来干透的木柴，劈柴不用斧头，只需要把柴火高高举起来砸在石头上，木柴就会四分五裂。喀猴又找来大小正好的三块石头摆成三角形状，把钢精锅放在上面就形成一个非常稳当的炉灶。每次巡山护林，为了便于携带，都会首选土豆、橄榄菜、洋葱这类实心的蔬菜，而且它们都是补充维生素的最佳选择。酱油、醋、清油这些液体的东西全部装在塑料瓶子中，就连鸡蛋也是出发前就打好灌进矿泉水瓶子里的。这一切都是护林人在实战经验中总结出来的，要想在山野里吃上可口的饭菜，保持充分的体力，你就要练就一套最基本的生存能力。

杨军是新疆著名的户外探险人，这次跟随我们的科考队，是为了探寻一条新的户外科考线路。他拿出专业的户外液化气炉灶，像是要和喀猴比试一下谁的炉灶做饭更快。但无论他的炉灶多快，毕竟灶和锅都太小了，只能做一个人的饭，满足不了我们这么多人的需求。最后在大家的商议下达成了共识，喀猴的柴火土灶用来做饭，杨军的小液化气灶用来烧开水。这样，既取长补短，又节约了时间。

野外的饭菜虽然简单，但却吃得开心和热闹。每个人都格外珍惜这样的考察机会，因为不是每一个人都能够参加每一次的野外出行。午饭后，大家提来山泉浇灭炉灶里残存的灰烬，翻身上马，继续赶路。

二、古地中海遗迹

阿尔泰山脉，由下至上，有着一个明显的垂直带谱。如果你站在喀纳斯河谷底部，那你是在海拔 1000 米左右的低山森林草甸带。而现在，我们正处在海拔 2000 米左右的中山森林草甸带。再往上，海拔 2300 米以上就基本不再生长森林，这个高度一直到海拔 3000 米左右，属于亚高山草甸带的领地。海拔 3000 米到 3500 米之间，属于高山冻原带。海拔 3500 米以上，则属于永久积雪带了。这就是阿尔泰山的特点，海拔普遍较低，但高纬度决定了它的雪线要远远低于天山和昆仑山。

现在，我们正穿越在稀疏的森林和茂密的草原之间。金莲花高出青草之上，顺着山势开放到远方。落叶松遮挡住下午太阳强烈的光线，充当着马队的背景。随着海拔的不断抬高，喀纳斯河谷对岸的山尖已经被甩在我们的视线以下。前方，在森林和森林之间，是一道道舒缓的山梁。当我们翻越过第七道山梁，森林被我们彻底甩在了身后。这里的草原也不再没过膝盖，满地匍匐生长着叶片窄小的高山牧草。

就在山梁顶端，一座白色的毡房吸引着我们向着它策马而去。

六月下旬，牧民刚刚赶着牛羊稀稀拉拉地转场到了夏牧场。在这高山之巅，能够来到这里的牧人就少之又少了。这里海拔高，植被稀少，缺水少柴，早晚寒冷，生活相对艰难了不少。所以，游牧民族虽然逐水草而居，靠天吃饭，似乎不需要付出太多的体力来养家糊口，但艰苦的生存环境，常常会使得他们体弱多病甚至过早地衰老。我们常常看到牧民妇女，年纪不是很大就已经弓腰驼背，那是她们长期睡在湿冷的毡房里的结果。

毡房没有上锁，里面也没有人。一匹枣红马被系在毡房前的拴马桩上，我们判定，毡房的主人一定没有走远。我们站在毡房前的坡地上观察周围的环境。我们的脚下，是嫩草刚刚发芽不久的高山草原。前方，一层一层的森林站立着涌向喀纳斯河谷，河谷深不可测，我们只能看见河谷对岸的山顶。再往前方，是层层叠叠的山峦。而在我们的上方，一条宽阔的山谷犹如从天而降，山谷中布满大大小小的岩石。是的，整条山谷就像一条流淌着岩石的河谷，它们从山顶的天际处奔流而来，又从我们脚下的谷底倾泻而下，一直延伸到远处的森林里。跟随我们考察的冰川专家王飞腾告诉大家，这是一条典型的冰蚀"U"形谷，这些巨大的岩石叫冰川漂砾，都是当年冰川运动后遗留下来的，它们对于研究喀纳斯地区的古冰川具有重要的参考价值。

说话间，一个牧人背着一捆柴火从我们身后的山梁下慢慢爬上来。他喘着粗气问我们，为什么不进毡房里休息。我们说："毡房外面的空气更好。"牧人说："是的，天空是我们的毡房，草原是我们的地毯，我们来到了夏牧场，老天爷早就给我们安顿好了生存的场所。"我们问："为什么不用马去驮柴火，而要自己去背。"他说："马是用来给我们人骑的，不是用来干活的，我们出苦力干活，马出苦力驮我们，老天爷创造了世间万物，早就分工明确了。"

我们向牧人打探附近的山顶上是不是有几个小湖。牧人说："有是有，但是你们不一定能走得到跟前。那几个小湖都藏在山顶中间的山谷里，那里根本没有路，整个山都是由毡房子那么大的石头堆成的，从下到上足有几百米高。"大家听后都有一些失望，要知道，我们此行可是奔着波勒巴岱山顶的那几个小湖而来的！

喀猴说："不用怕，车到山前必有路。"多年的深山行走经验，使得喀猴在任何困难面前都显得胸有成竹并且非常乐观。要不，喀纳斯的猴子这样的美名不就白当了。

不得不承认，与以往相比，我们这一次的深山之行，具有一定的冒险性。虽然在出行前我们对科考的行程做了精心的设计，但我们的队伍中没有一个人完整地走过这条线路，没有一个人在出发前清楚考察途中到底会遇到些什么问题，甚至每天的宿营地在哪里都是一个未知数。过去，哪怕是去友谊峰那样的超级艰险的线路，都有向导反复去过多次，并对当地的环境十分熟悉，对行进中的每一个细节了如指掌。但这次不同，我们似乎是只给自已确定了一个目标,但要到达目的地就只有像摸着石头过河一样慢慢去探寻了。

告别了牧人,我们继续去寻找那心中的天湖,尽管它在我们的心中是模糊不清的,但它的确又那么神秘无比地吸引着我们。在卫星地图上观看它们,它们像几块蓝色的碧玉,镶嵌在波勒巴岱山巨石横生的山野里。我们就是想面对面地和它们对望一眼,就像要亲眼看一看自己的先人在遥远的天国是否还安好那样,然后转身而去,而这已足以慰藉我们的灵魂。

马蹄踩在一块接一块巨大的花岗岩上向上攀爬,有的石头大到能够并排行走五六匹马。我们要穿越眼前这条由冰川漂砾形成的倾斜近40度的"U"形山谷,在太阳下山之前,找到合适的露营地安营扎寨。

我和杨军跑在马队的前列,我们本来是向着正北方布满碎石的山顶快马加鞭,但几乎同时,我们转头向西方的山梁望去,两块巨石吸引着我们调转马头朝着它们不由自主地直奔而去。

我们被眼前的景致惊呆了!在高高的山巅之上,两块巨型石头在夕阳斜照下呈现出祥龙追凤的剪影。我的脑海中立即出现了"龙凤呈祥"这个词语来。大家都纷纷跳下马来,举起相机边拍照边惊呼。这真是我们这次山野之行的意外收获,在喀纳斯区域守护山林这么多年,我们还真没有看到过如此巨大的象形石。

但是,这一切仅仅只是开始。我们越往前走,越是被巨石扑面而来的气势压迫得喘不过气来。我们忘记了要去的方向是正北方,忘记了心中牵挂的那几个天湖。我们不顾一切地向着巨石奔去,它们越来越近,就像磁铁一样吸引着我们手脚并用地快速靠近它们。等到我们快马加鞭攀爬到了跟前,才看清在山脊之上有四块高大的花岗岩组成了一个震撼人心的巨石阵。

通天之石

　　这些石头似乎是无缘无故地从天而降，说它们和周围的环境格格不入一点都不过分。在海拔 2600 多米的马鞍形的山脊上，青草才刚刚发出嫩芽，有几处尚未化完的积雪横躺在巨石北面的山地上。我们正处在马鞍形山脊的鞍背处，南北两个方向，是高高翘起的鞍头，东面，是我们攀爬了一天的坡地，向西看去，则是一层层延绵不断的山梁。

　　我们充满好奇地围绕着四块巨石拍照和惊叫，像是无意中找到了阿拉丁神灯一般兴奋异常。从不同的角度看，每块石头都形态各异。同样是一块石头，从西面看像是狮身人面像，而从东面看，则是一头仰天长啸的怪兽。东南方向的那块石头，形态更是千变万化，你围绕着它缓步观赏，一会儿像一只可爱的猩猩，一会儿像一头怒吼的雄狮，当你移步远处，它又像极了一个眺望远方的将军头像。而西南方向的那块石头，在挂满夕阳余晖天空的映衬下，分明就是一尊金猴望月的侧影。不知不觉间，太阳消失在西方远处的山梁下，天空中几抹淡淡的云彩逐渐变成了晚霞。我们把照相机架在雪梁上以尽量提高自己的视线，这时，几块巨石的黑色剪影在幽深的蓝天和橘红色晚霞的背景下成为永恒的定格。而在这定格之中，阿雷诺拿着三脚架拍照的身影让这亘古不变的画面注入了一丝生机。

渐渐的，夜幕彻底降临下来，星星们爬满了高原的夜空。我们围坐在一块平坦的漂砾上，倾听王飞腾给我们讲述这些巨石的前世今生：

"早在二叠纪时期，古地中海是北方劳亚古陆和南方冈瓦纳古陆间长期存在的古海洋，由于类似其残存的现代欧洲与非洲间的地中海，故称古地中海，又称特提斯海。亿万年前，现在的阿尔泰山脉属古地中海。之后，古地中海经历了漫长的地质时期并且形成海相沉积岩。我们现在看到的这些岩石，就属于比较典型的海相沉积岩，距今大约有一亿年。

古地中海遗迹

"进入第三纪造山运动，阿尔泰山断块逐渐隆起，成为现在高峻的山脉。原来深藏海底的沉积岩被高高地抬升为高山之巅。进入第四纪以来，冰川开始发育，岩石被冰川覆盖在下面。大概在11万年前的末次冰期，随着气候变暖，冰川开始退缩，而冰川退缩的特点是冰舌融化后要向山下推进，这就是冰川运动。冰川运动的力量奇大无比，它们会把大量沉积岩在向山下推进中摧枯拉朽般地破坏掉。今天我们一路看到的大量冰川漂砾就是冰川运动后留下的产物。而我们现在看到的这几块巨石所处的位置比较特殊，它们正好处在冰川山脊的鞍部，因此受到冰川运动的作用力很少，几乎为零，所以得以完好地保存下来。"

深夜，我躺在帐篷里兴奋异常，久久难以入睡。这次山野之行的第一天，我们就意外地发现了古地中海遗迹，这真是上苍给我们的恩赐。现在想想，如果说我们此行的目标不是那么明确，或者说带有一定的探险性质，那么上苍似乎在冥冥中早就给我们安排好了一次盛宴，这就是让我们在这高天厚土之上能够和大自然进行一场沧海变桑田、相距亿万年的对话。就是在相见的一刹那，我们看到了一亿年前的古地中海苍茫冰冷的海底；我们看到了海底泥沙经过千万年的堆积慢慢形成了海底沉积岩；我们看到了地壳运动使得古地中海在翻江倒海的演变之后，阿尔泰山脉被高高地顶出地面；我们看到了严寒袭击北半球使得整个阿尔泰山脉被厚厚的冰川装扮一新；我们看到了气候变暖、冰川消融、巨石飞滚之后的万物生长；我们看到了在高高的山脊之上残存的几块沉积岩经过几万年的风蚀日晒形成了现在这个样子。亿万年的演变对于大自然也许就是短短的一瞬，但对于我们人类来说却漫长得不可思议。大自然的一个短暂喘息，可能已经远远超出我们人类的进化史。

我索性走出帐篷，抬头仰望满天繁星。高山之巅的夜空神秘而深邃，星星们散落其中，各自都有自己舒适的家园。它们看似静止不动，实则随时都在上演着生生灭灭的天体大戏。天空中的许多星星，虽然它们在向我们闪烁着光芒，实际上它们早在几百年前就已经死去。但在死亡之后，它们依然能把光明长久地传递到人间。面对茫茫宇宙，生养我们的星球微小得不值一提，我们人类在这小小的星球上也只是一群匆匆过客，而对于我们每个人自身呢，更是不如一颗看不见的尘土。在这高原的夜空之下，我这颗尘土正在用自己的手指抚摸亿万年前的海底沉积岩，我多么希望在冰冷的岩层里能找到一颗属于自己的沙粒。

我像一个孤独的幽灵在深夜的高原上游荡，脑子里莫名其妙地反复出现图瓦人的一句谚语：老天爷一旦恼怒，人们全都白忙活。

三、寻找天湖

清晨，我拉开帐篷的拉链，第一次感受到太阳是从我们的脚底冉冉升起。并不是我们所处的位置有多么高，是因为我们昨天攀爬的这座弓形的山脊过于漫长，以至于我们把远处高大的山峦远远地甩在了天边。当太阳从远山跳跃出一轮红晕，它的万道光芒就立刻自下而上喷薄播撒开来，我们脚下的阿尔泰大山被照耀得一片金黄。

在充满暖意的晨光里，摄影师郅强正操作他的航拍器在几块巨大的岩石中间自由穿梭航拍。我在努力想象着，航拍器拍出来的古地中海遗迹的影像将是何等的震撼人心。它在空中一会儿俯视大山，一会儿又仰望巨石，航拍器在行进中将石头的形态变化一寸寸慢慢诠释出来，这让我们这些手拿相机的摄影人不光望尘莫及，更加心生羡慕。

队员们都纷纷钻出帐篷，夏日山野早晨的清风滑过我们的肌肤，大家来不及穿上外衣就奔跑沐浴在晨光里。阳光从正面照亮我们身后的几块巨石，和昨天晚上相比，它们又是另外一番模样了。太阳会让一切真相大白于天下，我们看得更加清楚，几块巨石全都是由一层一层的泥沙堆积起来的沉积岩，风蚀的作用加剧了岩石的风化和断裂。一束娇艳的报春花开放在一块岩石的缝隙中，在灰褐色的岩体中，显得格外丰腴醒目。这束开放在岩石中间的紫红色花朵似乎在告诉我们，在这高高的山脊之上，春风的脚步虽然晚了些，但春天毕竟已经来临。喀猴说："从来没有看到过这么肥大的报春花，你看它的莲花座，长得像莴笋的叶子似的，可见这石缝中的山土多么肥沃有力。"

吃过喀猴给我们做的早饭，太阳已经爬到喀纳斯河谷的上方。三个年轻的护林员早已备好马匹，我们的马队在巨石下娇小玲珑得如同玩具一般。

幸存着古地中海遗迹的这道山梁是一道分水岭，它的东南边是我们昨天攀爬了一天的漂砾谷，西北方向的坡地虽然远没有东南边的那么陡峭，但也布满了大大小小的漂砾群。当然，我们毕竟是身处高高的山巅之上，向北方眺望过去，坡地不远处就是一道接着一道交错延伸的绵绵山岭，那是我们今天将要跋涉的漫漫路程。

我们翻身上马，围绕着古地中海遗迹缓步一圈向它们做最后的告别。是的，这山石之大我们在喀纳斯区域一直未曾见过，它改变了我们对于喀纳斯的固有认识。或者说，将来人们研究第四纪以来的冰川运动对于喀纳斯湖的形成以及周边地质的影响，我们今天又为这课题找到了一个活生生的教材。当然，这些都还有待于科学家们用科学的精神更进一步地去探究。科学没有止境，但科学是建立在前人肩膀上的学问。

这一天，我们似乎又陷入到了漫无目的的骑行中。说漫无目的，其实我们的目的又是非常明确的，那就是要找到波勒巴岱山顶上的那几个小湖。但海拔2800米以上的山地全都被巨大的冰漂砾覆盖着，我们的马队根本无法翻越这些山峰。于是，我们只能在海拔2500米～2700米之间的高山草甸上围绕着延绵的波勒巴岱山峰兜一个大圈子，伺机寻找进入它的顶部的可能。

整整一天，我们始终骑行在喀纳斯高高的山巅之上。天空没有一丝云彩，这个高度的山岭上更是找不到一棵树可供躲避头顶的烈日。高原上的太阳只有在早晨和傍晚才是温暖舒适的，整个白天，它放射出来的都是灼人肌肤的紫外线。云间部落的明浩常年带领户外客在喀纳斯的纵深地带穿行，自以为野外生存的经验丰富，率先脱去外套，不管是在马背上还是徒步行走，都是光着脊背显示他那一身健壮的肌肉。喀猴和阿雷诺也不甘示弱，脱去上衣分别展示自己的铮铮铁骨和肥硕的身躯。虽然大家都知道山野里紫外线的厉害，但每个人又都抵挡不住清凉山风的诱惑。刚一过晌午，他们的脖子连同肩膀和脊背都被烈日晒得通红。大家都笑他们，等着吧，等着回去后慢慢脱胎换骨换一身新鲜的皮肉吧！喀猴赶紧穿上上衣，他知道这也算是在亡羊补牢。

在翻越了五道山梁，穿越了一片漫长的高山沼泽地后，对面山岭上的几只苍鹰吸引了我们的眼球。它们蹲卧在山地上，远远看去像几个穿着棕色衣服的猎人。当马队走近山岭，苍鹰们一个个凌空而起，似飞机一般从我们的头顶盘旋几圈后飞向更远的山岭。经验告诉我，这些苍鹰是在等待填饱肚子的食物。这里有一个牧人遗留下来的用木头搭建的羊圈，周围残存着一些牲畜的皮毛和骨头，那些都是上一年或者更多年前牧人的丢弃物。因为今年牧人们还没有来得及赶着牲畜来到这高山牧场，所以根本不存在食物被丢弃在这里的可能。但苍鹰们似乎等不及了，它们天天守候在这里，等待着牧人和畜群赶快到来。苍鹰们在山岭上凝神注视着，它们多么希望看到牧人在草场里丢弃一些残羹剩肉，或是能有一只迷途的羔羊被深深地陷进沼泽地里。但这一次苍鹰们再次失望了，它们看到的是一群穿着红红绿绿户外冲锋衣的探险者。当它们意识到根本不会得到任何食物的时候，便腾空而起，愤怒地飞走了。

我们在苍鹰待过的山岭上下马休息，讨论下一步的行程。往东，是喀纳斯河谷的方向，但中间盘桓着高大的波勒巴岱山，而且满山都是冰川遗留下来的巨大碎石，根本无法逾越。向北，是白哈巴村的方向，依然要翻过一道道山梁，涉过一条条河沟。最终，大家还是谨慎地选择继续向北。北方，即便有再多的沟沟坎坎，但一道道绿色的山梁总是能让人看到希望的。而东边，面对那些由白色花岗岩堆积成的陡峭山峰，没有一个人敢说等待我们的不是一场可能发生的灾难。

一条小河从怪石嶙峋的山谷中奔流而下，我分明闻到了古冰川融化后那带着无尽沧桑的水腥气味。我想象着，那山谷之中一定处处布满冰川消融的印记和奄奄一息的残存冰川。幸运的是，高山和巨石成了它们的屏障，阻碍了人们的进入，它们才得以保存至今，溪流不断。

简单野餐后，马队蹚过小河，继续北上。

迎面而来的，又是一座立体的山岭。马队沿着若隐若现的"Z"形山路向上缓慢攀爬，稍不留神碎石就会被马蹄踩翻后滚落山崖。马是极其聪明的生灵，它们选择最佳的线路弓背爬行，不时驻足喘息一会儿，休息片刻后又感觉自己重任在肩，不用脊背上的人举手扬鞭又奋力向上攀登。当然，马和人一样，也有体力好赖之分。因此，每次出行，一二十匹马总会分出一二三个级别的梯队来。最好的几匹马总是走在第一梯队里，它们像领头羊，把队伍远远地甩在后面。当然，马走得快慢也与骑在它身上的人有着很大的关系。会骑马的人，能做到人马一体，马走起山路来就会轻松自如；而有的人骑在马背上就像是一个巨大的包袱，左右摇晃，马就会很累，甚至会被它身上的人连人带马掀翻在地。作为老护林人，我每次深山远行自然都是骑行在队伍的第一梯队中，倒不是自己的骑术有多么高超，年龄大了，经验多了，总会不时充当一下决策者的角色。

  这座山梁真是高大，高大到它的山岭之上依然还积满了厚厚的白雪。积雪正在融化，沿着山势，雪水从西面的山岭上经过我们脚下的草甸穿行而过，流向右侧的山谷。山谷的东面，依旧是被碎石包裹着的白色的波勒巴岱山。

  马蹄踩在被融化的水浸泡过的草甸上，像是走在柔软的地毯上。不时会碰到一片片稀软的沼泽地，马队就不得不绕行一个很大的圈子，躲避泥潭可能带来的危险。好不容易涉过重重险滩，迎面而来的，又是遍布山野的冰川漂砾。这时，我们已经接近波勒巴岱山峰西侧的山脚，显而易见，这些漂砾都是从山体上被冰川刨蚀后输送下来的。而布满山体的那些白色花岗岩，则是冰川消耗殆尽的产物，冰川摧枯拉朽般地毁坏了山体，但却没有力量再把它们搬走。冰川在破坏别人的同时，也毁灭了自己。

  前方，西面的山岭向东倾斜而下，在连接波勒巴岱山峰巨大山体的地方，形成了一个"V"形的隘口。没有这个隘口，我们就无法继续向北前行。有了这个出口，在天黑前我们就有希望找到合适的宿营地，不会睡在湿冷的冰水里了。

本以为到了山口就能看到白哈巴河谷，白哈巴村也会在我们遥望的视野里。但站在山口之上，我们的眼前依然是一条幽深的陌生山谷，山谷的对面，是一道道由东向西倾斜的山梁。好在那些山梁在下午阳光的照耀下，泛着一道道绿色的光亮，这说明，那些山梁的海拔要低于我们现在所处的隘口。从现在开始，我们将一路下山了。

然而，穿越谷底后，马队沿着右侧山梁上的羊肠小道再次攀沿而上。这时，太阳已经正西，阳光洒在山坡上，山体形成一道道极富韵律的倾斜皱褶，向阳的山脊像一条条绿色的波浪延伸到我们的视线以外。山野上的牧草比我们沿途经过的茂密了许多，途中不时看见成群吃草的绵羊和几峰游荡的骆驼，偶尔有牧人骑马从远方的山梁上一闪而过，夏牧场的气息正扑面而来。

远远的，一顶救灾帐篷出现在我们的视野之内。我猜想，这可能是今晚我们马队将要借宿的地方。见到主人，我们来不及下马就急切地询问心目中的天湖。主人笑着说："你们沿着合勒什拜大渠一直往东走，到了沙尔哈木尔山脚下，那里有三个小湖正等着你们呢！"

好在我们现在又一次站在高高的山巅之上，太阳正处在我们平视的正西方，它离远处的山峦还有一丈多高。这时如果是在山谷里，早就看不到太阳的影子了。我们的队伍分成两个小组，一组人负责留下来安营扎寨，一组人朝着我们心目中的天湖快马加鞭而去。

这时的山风已不再是凉风习习，而是变得寒风瑟瑟了，我们不得不在马背上一件件地添加外衣。越是靠近冰山，越是感受到古冰川扑面而来的神秘气息。这里的海拔，完全是高山冻原带所处的高度。我们在冰川漂砾和高山草甸间寻路前行，山巅之上，一会儿是一条条淙淙的溪流，一会儿是被冷风吹皱的一片片水潭。

终于，在太阳接近远山的山脊线的时候，我们的马队靠近了波勒巴岱山西端的沙尔哈木尔达坂。爬上眼前的这个山坡，三个未曾谋面的神秘小湖就呈现在我们的眼前了。

天湖

这里竟然也有一户牧人居住的救灾帐篷。夕阳下，寒风中，印有民政救灾字样的蓝色帐篷在不停地抖动着，好像稍不留神帐篷就会被西风吹歪翻倒在高山之巅。我们分明看清一家人正在木围栏的小院中宰羊剥皮，收拾杂碎。明浩策马过去，想要买下正在宰杀中的羊作为今晚犒劳大家的晚餐，但商量了半天，还是被牧人婉言拒绝了。牧人说："山下带话来了，这个羊嘛是给一个大巴斯（领导）准备的。"明浩再要求："我们把帐篷扎在你们家附近，你们能不能再给我们宰一只羊。"牧人说："那样也不行，大巴斯来了嘛，我们来不及干活。"无奈，我们眼看着肥硕的羊肉被牧人大卸八块装进脸盆中，不得不翻身上马继续赶路。

翻到山梁之上，果然看到三个小湖错落有致地排列在残存的冰川下。

这就是我们这次高山之行所要追寻的目标。虽然它们不是波勒巴岱山最顶端的那几个像蓝宝石一样的天湖，但它们毕竟是这一区域人类凭着自己的双脚唯一能够到达的湖泊。寒冷的西风吹皱小湖的水面，一片片残留的冰川也被倒映在湖水中随波荡漾。这时，冰山和湖水都被火红的夕阳映照得通红。我们赶马来到中间的小湖边，这个小湖最靠近冰山，冰山的山体几近垂直地插进小湖的湖心。说是冰山，实际上山体之上裸露的岩石要比残存的冰川多得多。用王飞腾的话说，这些小湖是典型的冰斗湖。几万年前，这里都被厚厚的冰层所覆盖，后来，随着地球变暖，冰川开始消融，冰川在刨蚀山体向下推进后，冰舌前端留下大量的堆积物，于是，就形成了我们眼前的这些冰斗湖。当然，这些运动在漫长的地质年代中是渐进的，否则，就不会形成喀纳斯区域如此丰富的地质地貌了。

我们扭头向西望去，远山就在我们平视的西方，凭着对喀纳斯区域地理区位的无比熟悉，不用判断我也知道那里是哈萨克斯坦的领土。这时夕阳已经接近远山的山脊，天空中的几抹云彩被夕阳照射成玫瑰红的颜色。但太阳很快滑向远山的背后，红色的光柱从山后喷薄而出，将满天的碎云连同天空照耀得通红一片。我们没有想到，在这高天厚土之上，竟然能够看到如此风起云涌、色彩变幻的壮丽天空。再看我们眼前的小湖，它正随着天空的变化也在变换着不同的色彩。我想起了早年自己写过的一句诗：湖水是天空的一面镜子。是的，当远山深处发出的红光越来越弱，天空也开始由红变暗，彩云变得昏暗欲睡。这时，我们脚下的小湖正倒映着黯然的天空，湖水也随着清风泛着微弱的光亮。

随着夜幕降临，山风也陡然减弱下来。大地万物都有休养生息的时候。

四、高山牧场

山野还在熟睡的时候，我又一次在黎明中早早醒来。走出帐篷，我看到周围是起伏的山岭，山岭上长满青绿色的牧草。我们的帐篷安扎在较为低洼的山梁下方，这样能够有效阻挡夜间寒风来袭。昨晚我们回到宿营地的时候，早已夜色沉沉。大家匆匆忙忙吃过简单的晚饭，钻进各自的帐篷倒头便睡，根本没有工夫理会周围的环境。

第二天，我爬上宿营地北面的山坡，这里布满大大小小的冰川漂砾。回头再遥望我们居住的沟底，十几顶野外帐篷像花伞一样撒在草地上。三个向导正分头寻找各自负责的马匹，他们要在队伍出发前将所有的马都背鞍停当。南方的山梁上，是我们昨天傍晚见到的第一户人家，炊烟正从救灾帐篷的顶端袅袅升起。

在这样的人迹罕至的高山夏牧场，当你看到救灾帐篷，一定不要错以为是出现了什么灾情，由于牧场山高路远，牧人们总是喜欢找一顶民政局发放的救灾帐篷作为短期住宿来用。毡房虽然美观保暖实用，但搬运起来总会动用不少人力和物力。所以，漂亮的毡房总是出现在春秋牧场和中山牧场之中，因为那里容易到达，周围的牧人相对集中，搬运和安装起来都比较方便。而高山牧场就不同了，不光机械车辆根本无法到达，加之在这里放牧的时间只有两个来月,牧人和羊群本来就少,所以牧人们干脆借用搬运轻巧、安装简便的救灾帐篷在这里度过短暂的放牧时光。

高山牧场

太阳从我们昨天傍晚到过的沙尔哈木尔山顶喷薄而出,我眼前的山川大地顿时被照耀得一片光亮。层层山梁线条分明,山脊是交错柔和的绿色飘带,山谷则掩埋在阴暗的背影里。牛羊站在山梁上吃草,晨光侧射过来,给牛羊的周身罩上了一层金边。无论牧人和牛羊,在夏牧场生存的日子都是如此的美妙,只是这样的时光短暂得稍纵即逝。牧人的生活就是如此简单而有规律,春天上山,夏季放牧,秋天下山,最难熬的是在冬窝子度过的长达半年的漫漫冬季。四季之中,春秋是在不停地转场和劳作,只有在夏牧场的短暂时光,不论人与牲畜,都是在尽情享受大自然的恩赐,过着天堂般的生活。

我陶醉在这人间天堂里,忘记了寒冷和饥饿。忽然,一支马队从东方山脊的背面翻越上来,紧接着向着我们的帐篷区疾驰而下。阳光从马队的后面追射过来，形成了一道壮美绝伦的动态画面。

我还没有回过神来，马队转眼间已经来到我们跟前，几个大汉翻身下马，和我们一一握手拥抱。原来，山下两天没有得到考察队的消息，怕我们迷失在深山里，昨天下午就组织白哈巴村的几个村民专程上山来寻找我们。他们到了山上，安排沙尔哈木尔山下的那一户人家提前宰一只羊等候我们的到来。为了引起牧人家的重视，他们特意强调说，这只羊是给几个远程而来的大巴斯宰的，不认识的人千万不要给他们吃了。交代完，他们就进山去寻找我们了。

听完后我们都会心地笑起来。我们这支队伍中，除了护林的就是搞科研的人，没有一个人像是大巴斯的，难怪昨天明浩无论掏多高的价钱我们都吃不到那只羊，而且还要多绕一个圈子再回到第一个救灾帐篷处宿营。但细想想，这也正说明一个问题，在这高山之巅生活的牧人是多么的诚实和守信，答应过别人的事情绝不反悔，更不会因为利益驱使而见利忘义。如此干净的夏牧场同时也使人们的灵魂更加纯净。

带队的村民翻身上马，挥动着手中的马鞭大声说："走吧，那边的羊肉已经煮熟，奶茶已经烧好，帐篷里的主人正在门口迎接你们的到来呢！"

我们每一个人现在都饥肠辘辘，大家实在都找不到拒绝一顿热气腾腾的早饭的理由，仿佛几公里外羊肉和奶茶的香味已经随着阳光和晨风飘进所有人的心田，调动了所有人的味蕾。大家在马背上迅速捆绑好各自的行囊，跨上马背，向着飘香的东方疾驰而去。

晨光中，我看清从冰山脚下蜿蜒而来的一条若隐若无的人工渠道。只是，这条渠道已经被时光掩去了棱角并且长满了青草。如果不是昨天傍晚第一户牧人告诉我们有一条叫合勒什拜的渠道，我们还真不敢断定在这高山之巅会有一条早年人工修建的水渠。是的，我们现在正是在重复昨天傍晚走过的路程，但昨天傍晚我们一心想着的是要寻找心中的天湖，根本没有注意马蹄踩踏着的是一条有接近百年的历史往事的水渠。

带队的村民用半通不通的汉语给我们讲述了这条渠道的来龙去脉。

20世纪20年代末，合勒什拜·吐尔地拜担任哈巴河县的第一任县长。那时候由于连年干旱，缺少草场和耕地，老百姓的日子过得都比较清苦。于是合勒什拜在全县动员群众开垦荒地，发展农业。短短几年间，从事种植业的老百姓过上了吃饱穿暖的温饱生活。于是，合勒什拜将一部分群众搬迁至铁勒克提、齐巴尔希力克、白哈巴等地定居，以便改善他们的生活。

白哈巴村的叶根德布拉克是一片界河边上肥美的土地，但苦于河床太低，河水无法浇灌到河岸上的土地。合勒什拜亲自带领村民探寻水源，当他们爬上高高的沙尔哈木尔山，只见三个像明镜一样的湖呈现在洁白的冰川下。合勒什拜当时就被眼前的情景惊呆了，这可是取之不尽用之不竭的生命之源啊！合勒什拜带领村民将沙尔哈木尔山东北边的吾什阔勒湖的湖水引入阿克阔勒湖，再沿着沙尔哈木尔山北坡开挖水渠将阿克阔勒湖的湖水引进西边的别尕阿依达尔阿吾勒的夏牧场阿克布拉克。当湖水浇灌了这一带的草场后，牧草丰收，牛羊肥壮，牧业连年丰收。随后，合勒什拜又带领大家准备把大渠修到白哈巴村的叶根德布拉克，但施工中遇到了一公里多的乱石滩，水渠渗透严重。那个年代，没有水泥这样的物资用来做防渗用，最终水渠没能修到叶根德布拉克。但老百姓感念合勒什拜兴修水渠、浇灌草场的恩德，民间一直将这条水渠叫作合勒什拜渠。

我在马背上回头向西望去，合勒什拜渠若隐若现地在高山之巅蜿蜒而去，经过近百年的风雨洗礼，渠埂和渠底已经不甚明显，长满了青草，与周围的环境几乎没有什么两样。显而易见，这是一条早已被废弃了的渠道。清澈的冰川融水自由地在山谷间流淌，它们时而在乱石堆中跳跃奔流，时而又在河湾中做短暂的休整。现在，坡地上的这条人工水渠似乎和山间的溪流已经没有任何关系了。就如同人们只记住了开挖合勒什拜渠的合勒什拜这个人，却早已忘记了合勒什拜渠曾经给山下周边百姓带来的恩泽。至今难解的谜团是，这条人工水渠为什么会无缘无故地被废弃，它毕竟使曾经被浇灌过的草场牧草丰收过。是前人过于勤劳，还是后人变得懒惰？也许，当年挖渠自有它开挖的道理，之后的放弃也有它放弃的理由。我们这些后人，更没有必要对不甚清晰的历史抒发过多的感慨。我们所要做的，就是如何面对现实，让现实中的我们和自然更加和平相处。

现在，沙尔哈木尔山脚下那顶救灾帐篷在我们眼前泛着幽蓝的光芒，男主人正站在院门前一脸歉意地等着我们呢。

等我们翻身下马还未站稳，主人一家连同早晨留守的白哈巴村的几个村民前呼后拥地将我们一行让进救灾帐篷里。帐篷虽小，但却温暖如春。大家坐定后，相互问寒问暖，但唯独不见女主人。在哈萨克人的家中，没有女主人亲自操持，奶茶和早餐是没法拿到桌面上来的。男主人似乎看出了我们的心思，他在几个村民半开玩笑的嬉闹声中走出帐篷。不一会儿，女主人在自己男人的带领下缓步走进帐篷，她用双手捂住自己的脸，嘴里不停地唠叨着什么。带队的村民给我们翻译说，她一直在说不好意思，不应该怠慢客人，她昨天真的以为有几个大巴斯要来家里作客呢。

我们全都哄堂大笑起来。为了缓解气氛，我们说："我们本来就是大巴斯,我们是守护森林的大巴斯,我们是守护冰川的大巴斯,我们是守护大自然的大巴斯!"

事先没有准备的一句话,竟然说得我们自己都热血沸腾。

女主人的奶茶烧得奇香无比,我们每个人都足足喝了五大碗。也许是奶牛吃了这高山牧场的青草产出的牛奶格外芳香,也许是冰川下的清泉熬制出来的茶水甘醇甜美,也许是我们这两天的荒野骑行吃到的都是粗茶淡饭,也许都是,也许都不是。但不管怎么说,在这高山之巅喝到的奶茶是我们喝过的这个世界上最为芳香的奶茶。

在我们狼吞虎咽地喝着奶茶吃着油炸的包尔沙克的时候,男主人端上来了一大盘热气腾腾的手抓羊肉。他用半通不通的汉语说:"这个羊肉嘛,是昨天晚上宰的,我们嘛,一点儿都没有吃。今天早晨嘛,我五点钟起床煮肉了,现在嘛,我们用这一盘子羊肉给你们这一群大巴斯送上深深的祝福。"

我们都学着男主人的样子,手心朝上,平举双手,在这神山圣水面前,祝福蓝天更蓝,祝福雪山永存,祝福湖水常在,祝福草原开满鲜花,祝福牛羊膘肥体壮,祝福眼前的人们开心快乐,祝福这世间的一切都无比美好。

吃过牧人家的早餐,我们走出救灾帐篷。救灾帐篷与周围的自然山水相比似乎有一点不够协调,它使得我们眼前的景致还不够完美。但细想想,这个世界本身就是由数不尽的不完美组成的。不完美毕竟还是美的,之所以不够完美,其中必定包含着许多无奈。在这高山之巅,一顶蓝色的救灾帐篷本身就微不足道,它毕竟体量较小,搬运方便,更不需要动用过多的骆驼甚至庞大的机械来拉运。如果我们眼前是一顶漂亮的毡房,搬运它的同时将会对眼前的自然造成更多的伤害。有时候,小的不完美是为了避免更大的不完美甚至是不美出现。

　　救灾帐篷的前方是一个用木栅栏围住的巨大羊圈，羊圈里挤满了肥硕的大尾羊。两个强壮的青年牧人正从羊圈里把羊一只只丢到圈外，然后给羊剪去身上厚厚的羊毛。被剪去羊毛的绵羊像脱去了一身厚厚的冬装，在草原上撒欢奔跑。我在想，我们所处的这个夏牧场虽然不是阿尔泰山最远的夏牧场，但它一定是阿尔泰山上最高的夏牧场，因为它就处在雪山之下，冰湖之畔。在这样的环境里，生活着这么一家诚实快乐的牧人，这本身就是一道天人合一的和谐风景。既然大山还如此之美，河流还能依旧流淌，生活在这山水之中的人们还如此淳朴，我们此行的目的也就达到了。

　　我们来到高高的山崖上，在垂直落差 1600 米的山谷里，一条银色的飘带自北而南穿行在绿色的森林里，那就是白哈巴河。我们向山下望去，大山几乎是垂直地向下铺展开去，密林深处，白哈巴村依稀可见，那里正是我们今天所要到达的目的地。

　　现在，我们这群守护大自然的大巴斯，将要暂时告别喀纳斯这片高高的山巅，去探寻下一个谜一样的山野河源。

鸟 瞰

NiaoKan

那是深秋时节的一个清晨，我们一行四人从喀纳斯湖驱车赶往两百公里以外的阿勒泰机场，乘坐国产运五B型护林防火飞机再飞回喀纳斯湖上空。在空中鸟瞰巡护喀纳斯，是我们几个人多年来的梦想。

我们到达阿勒泰机场时，已是早晨九点多钟。飞机起飞后，像一只巨大的苍鹰在阿勒泰市上空奋力盘旋了三圈，才慢慢上升至近3000米的高空。山沟中的山城在我们眼底一圈一圈由近及远越来越小，最后，一个个楼房像错落有致的火柴盒布满克兰河的两岸。这时的飞机就像是积蓄了足够的力量，开始加速飞向阿尔泰大山的深处。飞机向西北方向的喀纳斯湖飞翔，如同汽车在爬漫长的山坡，费劲而又缓慢。眼底的山峦一尺一尺地向后移动，景色也由浅山向中山、由秃岭向丛林转变。飞机飞至冲乎尔盆地上空时，飞行高度已接近3500米。因为机舱舱门是敞开的，寒冷、缺氧使得机舱内的人都因呼吸困难而烦躁不安。

好在这时大地上的景色已经牢牢地吸引住了我们的眼球。布尔津河像一条绿色的绸带在崇山峻岭之间左摆右荡，形成了几个蜿蜒曲折的大弯道。有数条小河在途中汇入布尔津河，使得这条大河的下游在不停变宽变大。在飞机上你可以清晰地看到，河流是大地的乳汁，河流流向哪里，哪里就会森林密布，森林延伸到哪里，哪里必定会有河流的身影。布尔津河是额尔齐斯河的最大支流，它的实际年径流量超过了它汇入之前的额尔齐斯河。现在我们可以清晰地看到，布尔津河同样是由多条河流汇集而成的。在形成布尔津河的奎汗汇合口之前，它的两条最大支流一条叫喀纳斯河，一条叫禾木河，这两条河的两岸星星点点散布着白色的毡房和石砌的羊圈。人们总是依河而居，河流使两岸的万千生灵生生不息。围绕着这些河流的山涧沟壑，到处长满了西伯利亚落叶松、云杉、冷杉、小叶白桦和欧洲山杨，在晚秋阳光的照耀下，阔叶林依然泛着金黄的色彩。

飞机沿着喀纳斯河向北飞行不久，贾登峪就在眼下一闪而过。接下来沿河而上，是再熟悉不过的甩着长袖狂舞的驼颈湾和满地金黄的花楸谷。一条旅游公路伴随着喀纳斯河在林中穿行，公路和河流的曲线同样令人着迷。飞机一旦飞行到足够的高度，它的速度就会让一切地下行走的生灵望尘莫及。很快，卧龙湾就呈现在了我们的眼前。在空中看卧龙湾，水中的卧龙比在陆地看更为逼真，它实在让人惊叹造物主的伟大和神奇。月亮湾和卧龙湾连在一起看就更有韵律了，这段河湾线条流畅，洒脱飘逸，河水的绿色和两岸浓密树林的金黄形成了令人不可思议的反差，加上接踵而来的神仙湾，这一道连贯的风景在空中看更加层次分明，比在陆地上看更加让人着魔。月亮湾、卧龙湾和神仙湾是进入喀纳斯湖前的三个最靓丽的河湾，看后总是让人叹为观止，意犹未尽。它们似乎在告诉人们，隐藏在后面的风光，会让人更加惊喜不已。

峡谷中的湖泊

很快，飞机飞到了喀纳斯湖的上空。墨绿色的湖水从出水口奔流而出，泛着层层白色的波浪，洋洋洒洒地向着额尔齐斯河的方向流淌。清晨升起的云雾被阳光照射后渐渐散去，喀纳斯湖就像一个睡梦中的美女渐渐撩开她的面纱，将美丽的面庞和曼妙的身姿一点点展现在我们的面前。

飞机从喀纳斯湖的东岸进入，从西岸返回，环绕喀纳斯湖飞行了一周。机长是个非常有心的人，这样飞行，飞机左面的舱门就可以让我们尽览喀纳斯湖的全貌了。在天上看喀纳斯湖是什么感觉不好形容，但绝对是心跳加速。这种心跳的感觉很久没有出

喀纳斯湖

现过了。第一次拍到佛光时这么跳过，但没有这么急促；第一次看到湖怪时这么跳过，但没有这么剧烈；第一次观赏到水底森林时这么跳过，但没有这么难以控制。这种心跳你完全可以清楚地听到它的声音，它一下一下膨胀着撞击着你的胸腔，每一下几乎

都会堵住你的嗓子眼，使你连呼吸都感到困难。这时你早已忘记了高空反应和寒冷给你带来的不适，你只有不停地按动手中相机的快门，用胶片来记录这空中的每一秒和每一米，生怕眼底的景色稍纵即逝。

起初，我看到的是喀纳斯湖西岸的景致。波勒巴岱山顶积满了厚厚的白雪，喀纳斯村和白哈巴村被它阻隔在两边。紧接着，喀纳斯湖的六个弯道一点点呈现在我们眼前。湖的两岸，布满浓密的西伯利亚泰加林、落叶松和白桦树的点点金黄，映衬在大面积的云杉和冷杉形成的深绿的底色上，似星星布满深邃的夜

喀纳斯湖入水口

空。与出水口不同，喀纳斯湖的进水口则有六条蜿蜒的入口，它们像一群青衣舞者，长袖善舞，任意挥洒，交错流淌着进入喀纳斯湖。喀纳斯湖周围的山顶已被白雪覆盖，秋林和远处的雪山环抱着碧绿的湖水。当这个美如天仙的女子在深秋艳阳的照耀下，完全撩

开了她的面纱，她娇柔的身姿就一览无遗地展现在了我们的面前。这时在接近4000米的高空鸟瞰喀纳斯湖，它就像是一块镶嵌在阿尔泰大山中的巨大翡翠，在高山大地之上熠熠生辉。

飞机从喀纳斯湖的进水口上方掉转头，飞向喀纳斯湖西岸的上空，我们清楚地看到，在这块巨大翡翠的周围，还点缀着无数颗珍珠般闪闪发光的湖泊。它们有著名的白湖、黑湖、姐妹湖，还有更多的是叫不上名字的高山小湖。仔细观察不难发现，这些小湖大都是冰川遗留下来的冰斗湖。这些小湖的存在都依赖于一个冰川或雪山，也就是说，每个雪山、冰川之下总会有一个小湖存在。冰川或雪山融化后流入小湖，再由小湖沿着山地顺势下流，最后都会注入喀纳斯湖。

阿尔泰山冰斗湖

按动相机快门的同时，我头脑中又闪现出耶律楚材描写喀纳斯湖的那首著名的诗：

谁知西域逢佳景，

始信东君不世情。

圆沼方池三百所，

澄澄春水一池平。

试想，那时候耶律楚材没有飞机可坐，也没有卫星地图可查，无法像今天的我们一样，站在这几千米的高空俯视眼前的大地，那么这"圆沼方池三百所"他是如何清点出来的呢？难道他是带领着千军万马，走遍了喀纳斯湖周围的山山水水后得出的结论吗？但要骑马走过喀纳斯的山山水水，至少也要走上两三年，这又何止是一时半时能做得到的呢？从史料分析，耶律楚材肯定没有在喀纳斯湖区域待过那么长时间。那么，这"三百所"湖的数字，他是从何而来的呢？现在，我似乎有了答案，他是把心放在了天上，用自己巨大无比的胸怀来看待喀纳斯湖的啊！

飞机已经起飞三个小时，在喀纳斯湖上空也已经绕行了两圈。喀纳斯是一个让人看也看不够的地方，尤其是在空中，每圈的角度总是不同，看到的画面也就变化万千。我们真想让机长再沿喀纳斯湖飞行一圈，但机长接到地面指控命令，要求必须返航，因为飞机在这个区域的飞行已经超过了空管时间。

这次飞行不仅成为我们在喀纳斯上空的首航，让我们在空中饱览了喀纳斯的盛景，同时也成为我们认识喀纳斯、感知喀纳斯的一次难忘记忆。

还有，我明白了一个道理：天有多高，人的胸怀就会有多大。只是，你的胸怀要能容得下这世间万物。

这是耶律楚材告诉我的。

双湖初雪

ShuangHu ChuXue

对于搞摄影的人来说，能拍摄到双湖的初雪，是很多人的梦想。因为双湖深藏在喀纳斯的深山密林中，不光路不通，下雪后连骑马前往都极为困难。所以在下雪之前到达目的地，静静等候第一场雪的到来，不失为拍摄双湖初雪的最佳选择。

天气预报说，喀纳斯山区10月4日有雨加雪。远道而来的几个客人想利用十一长假到双湖拍摄初雪。对于双湖，作为老护林人的我已经再熟悉不过了。但真正能赶上在第一场雪后欣赏到它的芳容，之前我还真的没有过这么好的机遇。于是，我们租用了一支马队，驮着帐篷、食品和所有装备，经过一路颠簸和跋涉，在秋日暖阳的照耀下，于3号下午到达双湖北坡山腰的最佳拍摄点。

我们在向导的指导下开始安营扎寨。每人选择自己喜欢的位置搭建好帐篷，选择自己认为最佳的角度支好三脚架。然后大家开始有序分工，做自己力所能及的事情。有人打水，有人捡柴，有人开始准备我们今天的第一顿晚餐。

露营帐篷

我干完属于自己的工作，从帐篷里取出背包，整理我的行囊。我的帐篷就扎在可以看见双湖的悬崖边上，这样更有利于我对双湖进行细致观察。我俯视眼前的双湖，它对于我来说的确已经不再陌生了。两个大小相差无几的湖像两只明亮的眼睛，静卧在喀纳斯湖四道湾西岸的这条山谷中。我不止一次看见过双湖的四季。春季有烂漫的鲜花铺满在它的山间，夏季有翠绿的群山环抱在它的周围，秋季有五彩的山林倒映在它的湖心，冬季它会和喀纳斯的山山水水一样，变得一派银装素裹。随着季节的变化，双湖在不停地变化着它的装扮。

而现在，正值深秋时节。对于已经对双湖的四季美景再熟悉不过的我来说，这时的双湖没有特别独特的色彩，它只有两泓清澈的湖水，还有四周不再光鲜的灰褐色的山林。它现在唯一需要的，是要用一场初雪来证明此时自己的不同凡响。这也正是我们此行的目的，我们要看到初雪后的双湖。

但是，同伴们对眼前的景致已经惊叹不已。如果我们没有看见过四季不同的双湖给我们带来的视觉效果，如果我们此行不是直奔双湖的初雪而来，那么，眼前的双湖已经足够让我们惊喜了。这个时节的双湖，清澈得如两面镜子。不同的天空，都会倒映出不同的景致。天空中有如织的白云，它会倒映出白云朵朵。天空中有漫天繁星，它会倒映出繁星点点。

这一次，我做了更加充分的准备。除了必备的户外装备，我还带来了与自然有关的两本书。一本是《夏日走过山间》，一本是《寻归荒野》。第一本写于140多年前，第二本写于当代。虽然写于不同的年代，但两本书却有着必然的联系。《夏日走过山间》是美国自然保护运动的圣人约翰·缪尔的代表作，字里行间流露出其对大自然的热情、珍爱与赞叹。《寻归荒野》则是一本中国当代学者研究美国自然文学的专著。书中对大量美国自然文学的作家和他们的经典著作进行了精彩的论述，约翰·缪尔自然是其中重要的一位。

想想吧，在双湖这个几乎没有留下人类活动痕迹的地方，能够静下心来阅读有关自然和荒野的书籍，实在是再合适不过了。深秋枯草的奇特味道夹杂着新旧两本书的纸张气味，使人不用阅读已经感觉半分沉醉了。更何况，这是一种没有外部干扰，引人入胜的阅读。

这个夜晚，双湖的上空繁星满天，我们甚至开始怀疑天气预报的可信度。明天是否要变天，是否会下雪，一切都是个未知数。四周的山野，没有一丝声响，我们像是离开了凡间，在一个叫不上名字的星球上做一次没有结果的等待。这一夜，幸亏有两本相隔一个多世纪，但又彼此相关的书陪伴我。它们让我在灯下，寻找历史，对照现实。约翰·缪尔所处的时代，正是美国人对自然进行大肆掠夺的时期。人们热衷于砍伐森林，开垦荒地，在河流上修建水坝，工业污染和城市环境问题已经十分突出。当时的美国，在现代化取得重大突破的同时，也付出了沉重的自然环境的代价。约翰·缪尔开始意识到人们要寻求心灵的慰藉和归宿，就必须要享受原始的、未经破坏的自然。于是，在时代的召唤下，约翰·缪尔开始了对自然的不懈探索。如果说爱默生是超验主义的理论家和奠基人，梭罗是这一运动的实践者和推动者，那么约翰·缪尔则是这项运动中最坦率直白的行动家。简单的说，他的作品是"感动过一个国家的文字"；他的行动是保护荒野，充当荒野卫士。通过国家公园理论的实践，使他在美国人民的心目中享有了"国家公园之父"的美誉。在双湖这片原始的荒野中，我的思维在历史和现实、东方和西方之间恍惚游离，进行着跨越时空的对话。

10月4日早晨,钻出帐篷的第一件事,是看天空的变化。如棉花般的云彩在天空中排着整齐的队伍,它们在风的作用下快速向东方移动。双湖中也呈现着一朵朵快速移动的白色倒影,像落满了棉花的两面镜子。在一个上午的时间里,双湖的上空就这么不断运送着洁白的云朵,好像怎么运也运送不完。中午时分,天空的白色云朵开始变成铅灰色的一片模糊。午饭之后,双湖的上空,已经变得风起云涌,阴云密布。

整个下午,黑云像一队队奔赴战场的士兵,从我们所在的山腰间擦肩而过。及至傍晚,天空中开始飘落星星点点的雨滴。我们将小饭桌摆到一棵树冠婆娑的冷杉下,将手电筒挂在头顶的树枝上,取出带来的烧酒,在湿冷的寒风中开始我们的晚餐。天空彻底黑暗下来,整座山林只有我们头顶这点微弱的灯光。黑云压到山头,仿佛要把我们挤压成山的一部分。第一场雨飘洒下来,气温骤凉。紧接着,雨第二场第三场地洒落下来,我们不得不一层一层地添加衣服。等到把所有的衣服都穿到身上,雨水夹杂着冰雹开始不再分场次地持续不断地降落在周围的山林中,高大的冷杉树冠也无法给我们遮风挡雨了。

我们进入各自的帐篷,在狭小的空间里等待黎明的到来。想着从早晨到晚上天气几经周折,变化莫测,让人不得不佩服大自然的奇妙无比。一天中它都能有翻天覆地的神奇演变,那么在亿万年的自然演化中,又有多少我们所不知的世间万物,被它摧枯拉朽般创造着、变化着,甚至毁灭着呢。不用说喀纳斯群山大地和湖泊沟壑是如何演化而成的,单说我们眼前双湖的这条山谷,就隐藏着说不尽、道不完的自然之谜。从那仁草原到喀纳斯湖,在这条不足十公里的"U"形谷里,布满了几万块大大小小的冰川漂砾，它们小的有几百公斤重，大的有上千吨重。这些大大小小的花岗岩石，与这条山谷里固有的石头格格不入，让人一眼就能看出它们是从远方而来的不同种类。它们有的静卧在沟底，有的立在险峻的山腰，有的旁边生长着有几百年树龄的巨大落叶松，有的从石头底下流淌出清澈的山泉。再看看分布在谷底的表面巨大的羊背石，它们大的足有一个篮球场那么大，而且在几公里的范围内连续不断地出现，在喀纳斯的其他区域很难见到如此壮丽的冰川遗迹奇观。虽然它们经历了几十万年的风霜雨雪，但表面的冰川擦痕依然走向分明，清晰可见。不用细说也会明白，这些漂砾和擦痕全都是现代冰川运动的结果。可以想象，当年冰川在不断运送来漂砾的同时，也在用它巨大的力量切割着早已在这里定居的岩石。它们运动的力量是何等的排山倒海，不可名状。这条充满无限奥妙的山谷，分明是喀纳斯区域存活着的地质博物馆。

夜里，我几次被帐篷上方的阵阵密集的敲打声吵醒。起初，我努力地判断这声音到底是在下雨还是在下雪。我是多么希望外面在下雪，那是我们此行所要等待的。但这声音确实像在下雨，因为它打在帐篷上的是重重的嗒嗒声。如果外面是下雪，那么它打在帐篷顶上的声音一定是轻柔的沙沙声。现在，这声音打在帐篷的顶端，既像雨又像雪。我用手从里面拍打帐篷，听到了雪在帐篷上滑落的声音，才断定是真的在下雪。我明白了，当山林中的气温还不够寒冷，空气中又充满了湿气，飘落而下的雪粒就会包含着水分，它们的重量就会加大，落下的速度就会加快，敲打物体的声音就会加重。这样的雪，即便是落在了地上，也会很快融化的。但不管怎样，现在从天而降的，毕竟是我们所盼望的双湖的初雪。就这样听着雪落帐篷的声音，我一次次地入眠，又一次次地醒来，内心荡漾着无限的兴奋和喜悦。

10月5日的早晨，我是在周围几个同伴快乐的尖叫声中醒来的。帐篷的内部比昨天缩小了不少，现在只能容得下我一个人的身体。我用劲向外推帐篷，四周全是重重的积雪，帐篷已经被夜晚不断滑落的积雪快要压塌了。

我努力从歪歪斜斜的帐篷里钻出来，蒙眬中我看见了一个银装素裹的世界。几个同伴已经各自占据了最佳的拍摄位置，不再有人去打水、捡柴火和做饭，那些人间烟火的烦琐事情对于现在的我们已经不那么重要了。

这是一个多么美好而宁静的早晨。天空中云雾缭绕，它们一改昨晚的黑暗狰狞而变得轻盈弥漫。我们的脚底和周围的群山都被白雪所覆盖，所有的树种都变成一种颜色，挂满了晶莹剔透的柔软雪花。山谷中的双湖隐约可见，睡眼迷蒙。眼前的这幅图画凝固在朦胧的晨曦中，呈现着淡蓝色的格调。随着天空慢慢放亮，我们头顶上的云雾开始升高，云层渐渐变薄。与此同时，对面的山林蒸腾出一层薄如轻纱的雾气，它们在林海雪原中环绕缠绵后，慢慢地向双湖的上方铺洒过去，渐渐地，双湖被这一层轻纱覆盖得若有若无。我们等待太阳能够破云而出，但东方的云雾始终紧紧压在山头。我观察眼前这条由西而东的山谷，它和自北而南的喀纳斯湖形成了一个直角，正好把喀纳斯湖在四道湾处的西岸撕开了一个小小的口子。站在双湖的山腰上，不光能看到双湖，没有云雾时，还可以看到喀纳斯湖的一小部分。这就是著名的一山看三湖的壮美奇观。在这里观赏三湖，无论什么季节，双湖的颜色始终是清澈湛蓝的。而喀纳斯湖就不同了，它会随着季节的变化而变化，春天它也是湛蓝透底的，到了夏天，从上游白湖流下来的河水会让它由蓝变绿，及至秋天，随着流入的花岗岩粉末的不断增多，湖水的颜色会变成乳白色。所以，喀纳斯湖是喀纳斯区域三百多个湖泊中，唯一一个会随着季节变化而变色的。这时，一道阳光撕破云层从云缝间喷薄而出，整个山谷在接受了阳光的照耀后，雾气开始由谷底像梦游一般缓慢升腾。双湖在这雾气蒸腾中，一会儿显得清晰，一会儿变得模糊。很快，双湖周围树梢上的落雪渐渐融化了，它们被还原成本来的颜色。山腰以上的树冠上依然挂满柔软的雪花，尽管在阳光的照射下，雪花不停地融化成雪水滴滴答答落向大地，但它们已经留给了我们足够的时间，去把它们定格在照相机里。随着太阳越升越高，云雾也逐渐散尽，眼前和远处山林上也不再有落雪的痕迹。

雪后黎明

大自然的力量真是变幻莫测，无穷无尽。春夏秋冬，四季演变，是不以人的意志为转移的自然规律。但具体到每一年的春夏秋冬，它们又有着各自不同的具体形态。双湖的初雪亦是如此。

我们今天所看到的，一定是我们永远也看不到的景致；我们今天所经历的，一定是我们今后无法再次经历的过程。我想，这也许正是大自然的奥妙所在。我又想起约翰·缪尔和他的《夏日走过山间》，我明白了他为什么愿意走进和保护荒野，与自然进行心灵的对话。他宁肯生活在蓝天下和一群羊为伍，也不愿待在舒适的房屋中；他宁肯迷失在荒野和山地中，也不愿按照文明人的生活方式循规蹈矩地生活在文明社会里。正是有了荒野对于他的无限魅力，也才造就了他"荒野卫士"的称号。我更欣赏他的那句话："在这山峰上，所有世界上的大奖都显得不足为奇。"这句话，早在一百年前就已经开始唤醒公众保护自然的意识。那么，它会不会在不久的将来，鞭策着我们去真正勇敢地走向荒野，探寻荒野，更为重要的是保护我们已经日渐消失的荒野呢？

　　双湖的第一场雪像匆匆的过客，来得快，融化得也快。而我们这次原本打算多住几日的行程，也因为匆匆的一场初雪过早地满足了我们的欲望而结束了。在秋日的双湖我们也只是和初雪匆匆一见，就匆匆地走过了秋日的山间。

冰 湖

BingHu

这个季节喀纳斯湖已经人去山空，没有了人声喧嚣的浮躁场景，一切都已恢复到了史前的平静。年年如此，山林和湖水在疲惫了一个夏秋之后，立即会蜷缩到漫长的冬季里，像要急于修养自己受累的身心。

但这一年的冬季来得特别晚。往年，十月中旬喀纳斯准时要下起第一场雪。而今年，到了十月底，老天爷才纷纷扬扬地下起第一场雪来。这一下就是一场鹅毛大雪，仿佛要把前一阶段欠下的账一次补齐，把喀纳斯湖周围的群山和谷地都严严实实地覆盖了。

双湖管护站两名留守的护林员还没有来得及撤出，他们被厚厚的积雪围困在了管护站所在的山顶。在喀纳斯，到了冬季，海拔每上升100米，气温就要下降1摄氏度以上。双湖管护站的海拔比喀纳斯湖口要高出1000多米，现在的温度至少要在零下20摄氏度左右。救出这两名护林员成为保护区的当务之急，因为他们的给养已经用尽，暴风雪和即将到来的严冬正在威胁着他们的生命。

我们出发时是清晨七点。喀纳斯湖区天空阴暗，四周漆黑。我们借助微弱的手电筒的灯光，踩着超过脚踝的积雪来到湖边。黑暗中，鹅毛般的雪花在手电筒光柱中垂直落向地面。负责驾驶的舵手已经将冲锋皮艇停泊在码头等候我们。皮艇随风浪摇摆不定，发动机发出突突的声音。这时的喀纳斯湖湖水还未达到冰点，湖面还未来得及结冰，但湖水寒气逼人，阴冷刺骨，寒风吹赶着波浪有节奏地拍打着码头和湖岸。

刚坐上皮艇时我们几人还很兴奋，因为从来没有人在这个季节能够荡舟湖上。但当皮艇开到湖面上我们才发现，越往湖中间走风浪就越大。我们的皮艇简直就像一片树叶，被风浪随意地拍打，随时都有被打翻的可能。要知道，这个季节，人走湖空，所有的游艇都已停泊在岸边，偌大的湖面此刻只有我们这一艘皮艇，若是出现意外，连救生的船只都没有。

为了确保安全，我们选择湖面最窄的出水口处，由东向西，径直穿越湖面，把皮艇开到喀纳斯湖的西岸，沿着湖岸慢慢向着四道湾的救生码头开去。

冬季的喀纳斯湖出水口

天空开始变得蒙蒙亮。湖面的上空和四周都是铅灰色，仿佛凝固了一般。深蓝的湖水被沿山谷逆流而上的寒风吹满褶皱，到了近处这褶皱就成了风浪。逆流而上的山风碰到顺流而下的湖水，就形成了鱼鳞浪，波浪短促而高大，搅得整个湖面像沸腾了的一锅开水，愈是往湖心，波浪愈加变成了凶猛的波涛。

喀纳斯湖西岸的一处处湖湾，形成了一个个避风的港湾。就是在这样的避风处，风浪依旧汹涌，我们的皮艇在风浪中颠簸着逆流而上。湖面的波涛被寒风垂直揪起又垂直砸向湖面，皮艇左右摇摆着，被风浪肆意蹂躏。

舵手是个有经验的湖面救生员，他熟练地驾驶皮艇在风浪间穿梭前行。坐在艇头的救生员的帽子和大衣很快就被迎头打来的波浪溅湿，随后立即就结成了一层冰壳。波浪拍打上来一次，冰壳就加厚一层，渐渐的，他头上和身上就背负了一层坚硬的冰壳盔甲。

天空渐渐放亮了，但仍旧是雾霭茫茫，水天一色，看不到湖面的边际。皮艇发动机发出的突突声被怒吼的风浪声一阵阵地掩盖，风雪中可以想象我们的皮艇就像一片飘摇的树叶，在这大湖中几乎可以忽略不计，随时会被淹没。

好在有喀纳斯湖的左岸此时正在拥抱着我们。我们用肉眼测量着和湖岸的距离，太近了害怕岸边的浅滩会打坏发动机的螺旋桨，太远了又怕迷失方向遭遇巨浪的袭击。我们的皮艇始终不敢离开湖岸太远，否则稍不留神就会被湖心的引力扯拽到汹涌澎湃的冰湖中央。坐在皮艇上的每一个人都明白，我们一旦远离了湖岸，湖水就会像怪兽一样毫不费力地把皮艇连同我们一起吞没。

在惊心动魄中我们谨慎前行，皮艇上没有人敢大声说话。喀纳斯湖西岸的森林和岩石像是和我们达成了一种默契，悄无声息地向后缓慢推移。

终于，我们在惧怕和担心中看到了朦朦胧胧的四道湾岸边用圆木搭建的救生码头。本来只需要半个小时的路程，我们却足足用了三个小时才到达它的终点。回头向湖面的出水口望去，能见度不足一百米，湖面上依旧波涛汹涌。我在内心祈祷，但愿，我们返程时湖面会风平浪静些吧。

四道湾救生码头的岸边，吐别克村的村民已经牵着六匹马在那儿等候我们很久了。

骑到马背上，我们才真正感受到大地是多么的坚实和可靠。是的，大地是最能让人信赖和依存的地方。再好的轮船，它是在水中行走，难免会有风浪颠簸。再好的飞机，它是在天上飞行，难免会有气流冲撞。这就是为什么在生活中稍有不测，人们会马上蹲到或趴在地上的缘故，因为在人们的心目中，只有脚踏实地最为安全。

吐别克村坐落在喀纳斯湖西岸四道湾处一个开阔的林间空地中，这里地势平坦，草木茂盛，居住着八户图瓦人家。随着旅游不断的开发，喀纳斯区域像这样的原始自然村落，已经所剩无几了。更多的村落开始被商业化搞得不伦不类，人心也变得惶惑不安。但这里的村民远离尘嚣，与大山为伴，与湖水共眠，与林木花草同度充满生机的四季时光，过着世外桃源般的清静生活。物静则心静，心静则无欲。试想，处在闹市中的人们，怎能求得心静又如何能做到无欲呢？

天空虽然依旧飘着雪花，但吐别克村让我们感受到了人间烟火的温暖，以至于我们暂时忘却了刚才在湖面上所经历的一切。看到木屋顶上升起的缕缕炊烟，我们知道图瓦人又开始了他们冬季平静的一天的生活。女人们生火做饭，男人们去牛圈撒草喂牛，然后一家人围坐在桌边，喝着香喷喷的奶茶，吃着自家的烤馕，谈论着今年冬天的雪是不是会比往年更大一些的话题。这种生活他们延续了几百年，如果没有人来打扰他们，他们还会如此这般地延续下去。

马蹄踏在雪地上发出清脆的声音，这声音传向四周的山林又在寂静的山谷间回荡开来，吸引了村庄里的几只土狗从四处狂叫着向我们奔来，跑到跟前见是本村的马驮着我们，没有了嚎叫的兴致，于是就摇着尾巴，跟随着我们进了村子又护送我们出了村子。

吐别克村离双湖骑马走需要两个小时，从双湖再爬上山顶的管护站至少又要两个小时。冬季的喀纳斯白天只有短短的七八个小时，如果不抓紧赶路，我们很有可能也会被困在双湖站。那是我们所不愿意看到的，谁也不知道明天的喀纳斯湖风浪会不会比今天的还要大，甚至湖面会不会出现冰凌。

策马扬鞭是我们唯一的选择。从吐别克村到双湖一路慢坡，我们骑的几匹马几乎是比赛般地在林中穿行。从双湖到达山顶的双湖站垂直高度至少有七八百米，坡度平均在三四十度，随着海拔的上升，山坡上的积雪也在不断加厚。几匹马非常不情愿地在羊肠小道上蹚雪盘山而上。

越是往上走，风雪越大，气温也就越低。马不得不走走停停，打着嘶鸣，像是告诉我们脚下的路途多么艰险。

到达山顶的双湖站，已经接近下午三点钟。几匹马经过四个多小时的艰难跋涉，浑身上下都已湿透，结满了寒霜，需要休息半个小时后才能往回赶路。当向导的村民将几匹马拴在背风的林子里休息。我们跟随着两个被救援的护林员，踩着厚厚的积雪来到居高临下的管护站前。

这是一个位置绝佳的观测点。管护站建在山顶一处凸起的山崖之上。站在管护站的门前，周围的群山林海尽收眼底，这样的地形有利于观察周围的林区动态。夏秋两季，是喀纳斯林区护林防火的重要时期，林区的工作人员像临阵的战士，全天候严阵以待；而到了冬季，厚度达一两米的积雪则为喀纳斯区域提供了天然的护林防火屏障，这时的护林员也会轮流放假休息，下山和家人团聚。明显的四季交替，使得森林和大山有了休养生息的机会。正因为如此，喀纳斯山林的春季才那么青翠，夏季才那么浓绿，秋季才那么妖艳，冬季才这么凝重。

此刻，站在这高高的山崖之上，展现在我们眼前的，是一幅笔法硬朗的水墨画。喀纳斯的山川被厚厚的积雪所覆盖，泰加林脱去了秋季艳丽的服装，一派青衣素裹。起伏的山峦和黑色的森林勾勒出了一层层极富韵律的粗犷曲线。这曲线由近及远，逐渐淡出，及至最远，与阴郁的天空连为一体。寒风把喀纳斯湖的水汽和天空中漫散的雪花向我们脚下的山谷吹来。于是，山谷间风起云涌，雾气随寒风涌动。我们的眼前，一会儿雾气弥漫，一会儿云开雾散。就在这云开雾散间，双湖一次次或清晰或朦胧地呈现在了我们面前。

我见过春夏交替中的双湖，它被翠绿的山林环抱，掩映在周围山坡上盛开的烂漫野花中，湖水清澈透底，在雨水和阳光的滋润中，处处都体现着豆蔻少女般充满生命体态的肌理。我也见过从初秋到深秋随时节演变而变化的双湖，它周围的树木从秋意微熏到淡妆浓抹，再由层林尽染到色彩斑斓，湖水碧绿如玉，彰显出了少妇般健康迷人的风韵和妖冶。

初冬的喀纳斯湖

现在，我看见了入冬后不久的双湖。在跌宕起伏的林海雪岭中，在我们面前的这个深深的谷底，双湖就像一个经历了无数风霜、日见成熟的中年贵妇，青衣素裹，不施粉黛，雍容而又矜持，华贵而不失端庄。她正在用两个乌黑清澈的眼睛，张望着我们生存的这个迷幻世界。

我忽然内心一揪，我的眼睛不再敢和面前的这双眼睛对视。这是一双多么纯洁和明亮的眼睛啊！在它的注视中，我分明看到了自己的一双浑浊无助的眼睛。我们每个人的一生只有短短的几十年，但在这短短的几十年里，我们人类的眼睛看到和经历的东西却太多，太乱，甚至太脏。因为这个世界太纷杂，太费神，以至于每个人最终都逃脱不了眼睛会早早地近视了，花了，甚至白内障了，最终看不见了。而双湖呢，它在这深山净土间静静地看着这世间风云变化了亿万年，亿万年间它甚至连眼睛都没有眨过一下，但它依旧如出生的婴儿，眸如皓月，天真无邪。

上苍似乎在给我帮忙，在我不敢正视双湖的时候，寒风挟带着雾气又一次弥漫在双湖的山谷中，天空中也飘起了如绒毛般的雪花来。

两个护林员早已准备停当，就等我们来接他们下山了。几匹马也恢复了原样，刚才还湿漉漉的皮毛已经干透，精神抖擞地嘶叫着要早点下山回家。

从山顶下到湖边，天空开始慢慢地阴暗下来。进到双湖旁边的林子里，天已经完全地黑了下来。几匹马借助地面积雪的反光，在林中穿行。都说老马识途，更准确地说应该是马识归途。马在离开家门远出的时候，大都是不太情愿，有的老马还会磨磨蹭蹭，故意绕着弯子走，好像这样人们就不再喜欢它，会换一匹别的马来骑。每当这时人们手中的皮鞭子就会派上用场，在皮鞭的鞭策下，再不情愿出力的马也会一往直前。但只要是返程，再懒散的马也会不用扬鞭自奋蹄，往往回程的时间只是去程的一半，早早地就把主人安全送回家中。

在阿尔泰山中，马进化得都很小巧灵活，这就给它们提供了上山和下山的便利。因此，阿尔泰山区的马，无论爬山还是下坡，其速度都是其他地域的同类无法比拟的。特别是在喀纳斯和禾木这个区域，过去马是冬天唯一的交通工具。在一两米厚的雪地里，全要靠马踩踏出一条条通往外界的道路。而在这里，养马又是一件极其容易的事。马的主人在秋季一般不会给马准备冬草，在长达半年的冬季，马都是靠自己在雪地里刨草吃。如果你冬季到喀纳斯，就会发现在朝阳的山坡上总会有一些马把头埋在雪地里吃草，在马吃过草的雪地上，像是随意勾勒的一幅幅地图。我时常在想，自然界里，马是最令人尊敬的动物。据说，在动物界里，马的智商是最高的，相当于我们人类三岁儿童的智力。而且它忠诚老实，任劳任怨，基本不向人类索取什么，连吃草喝水都全靠自食其力。最后，当马老到不能再干活了，不能被人骑了，还逃脱不了被人宰杀的命运。仅就这一点，我们人类的贪婪可恶和自私无情就是别的动物望尘莫及的。

像是和我有了心灵上的感应，马此刻的心情似乎特别好，在林中的雪地上快乐地奔跑着。天空也彻底地黑下来了。远远的，吐别克村的狗儿又狂叫着出村来迎接我们。散落在四野的木屋透射出微弱的灯光，这里的人们即将结束一天平静的生活。我在想，村民们的一天一定像在过一个世纪，漫长得像在做一个怎么也睡不醒的梦。而一个世纪对于这里的村民来说，也应该和一天一样没有什么太大的区别。一天又一天，一年又一年，一个世纪又一个世纪，人们就这样一代又一代平静地过着生活。能够在这样的山林中世代居住的人们，他们的灵魂应该早已和山林一样耐得住寂寞。在这个嘈杂的世界里，能耐得住寂寞本身就需要一种勇气，需要一种气量。

黑暗中，我们来到四道湾原木搭建的救生码头边。借助手电筒的灯光，我看到最让我们担心的事情发生了。我们乘坐的皮艇被波涛打翻在湖水里，如果不是一根绳索拉扯着，皮艇肯定早就被冲走，不知了去向。舵手和两个护林员跳入水中，将皮艇推到岸边。皮艇在冰凉的湖水中像泥鳅一样光滑，我们几个人费尽周折才把皮艇翻正过来。这时，我们的鞋子都已湿透。被浸泡过的发动机显然是发动不着了，好在我们有个有经验的舵手，在手电筒的帮助下，在皮艇上摇摇摆摆地捣鼓着发动机。

我站在湖边，四周漆黑一团。在寒风中，只能听到波浪有节奏地拍打着岸边。用手电筒向湖面照去，手电筒的强光也只能照到三四十米远的地方，但我看到的仿佛是黑夜里波涛汹涌的大海。

发动机最终被修好了。乘上皮艇时大家的心情和早晨完全不同。早晨是先兴奋后恐惧，而现在呢，大家根本就不知道后面会是一个什么样的结局在等待着我们。但早晨是天越来越亮，能够看清周围的情况。而现在我们是在往一个深不可测的黑洞中前行，前路茫然。

早晨的经验告诉我们，皮艇必须要紧紧沿着湖的西岸返回。离开了湖岸，我们就等于丢弃了救命的稻草。发动机突突响着，皮艇慢慢离岸，吐别克村牵马的村民站在岸边，在手电筒的光柱里向我们挥手告别。

皮艇在风浪中摇摇晃晃地出发了。湖面上的风明显要比岸边大得多。皮艇随波浪颠簸起伏，很快，冰冷的湖水淹没了我们的脚踝。我担心皮艇在漏水，用手电筒仔细检查了皮艇的周身，还好，是波浪拍打皮艇后涌进的湖水。我们用所有能舀水的工具齐力向外舀水，皮艇上一时慌作一团。水舀干了，鞋子却再次灌满了冰冷的湖水，我的双脚在灌满冰水的鞋子里渐渐失去了知觉。大家赶忙脱了鞋子，空干鞋子里的水，拧干袜子。护林员告诉大家，脚指头一定要不停地在鞋子里活动，要保持有知觉，否则脚指头很可能会被冻伤。

慌忙过后，我们忽然发现皮艇已经离湖岸越来越远，大家都惊出了一身冷汗。好在我们的皮艇并没有偏离湖岸太远，朦胧中我们几双眼睛都紧紧锁定着岸边的森林和岩石。舵手做出明确分工，一名大个子的护林员坐在船头，负责掌握皮艇的平衡。两个人负责不停地把拍打进来的湖水舀出舱外。另外两个人每人拿一只手电筒，一人照正前方，一人照右侧的湖岸。我们的皮艇必须要和曲折的湖岸保持二三十米的距离才会安全。

手电筒的光柱里，寒风裹挟着雪花像鞭子一样抽打在我们的脸上和眼睛里。我们的四周漆黑一团，湖岸在手电筒微弱的光柱里若隐若现，稍不留神皮艇便会偏离方向。我想象在夜空中有一双神灵一般安详的眼睛，他能够清楚地看到，我们这只皮艇像是一个气息微弱的幽灵，在波浪翻滚的湖水中无助地摇摆着缓慢前行。

皮艇驶进三道湾处，湖的走向拐向了正南。从南面山谷刮来的山风在这里被山体阻挡，折拐了个方向后加速向喀纳斯湖的上游吹去。由于这里的湖面平坦开阔，为下游的山风提供了畅通无阻的通道，所以比别处更加风激浪高。湖面上掀起的每一个巨浪都会重重地拍打到坐在船头的大个子护林员的背上，使他身上穿的两个棉大衣很快湿透并且结冰。渐渐地，大个子护林员成了一个人形的冰雕，端坐在船头。如若不是他不停吸烟冒出的星星火光，我们真的无法判断他的身体到底是否已被冻僵。

我的手脚已经有些麻木。双脚像是穿在一双冰鞋里，脚指头在鞋里已经没有了知觉。风从湖面径直向我们刮来，这时湖面的巨浪不光只是拍打到船头，我所坐着的皮艇的侧面也在经受风浪的冲击。很快，我的后背也被湖水打湿，羽绒服的脊背被冻成坚硬的冰块。

皮艇这时已经经受不住狂风巨浪的冲击，飘摇欲翻。人们开始恐惧和惊叫，乱作一团。赶快设法将皮艇靠到岸边，我们几人这时再次意识到了大地的可靠。

但已来不及。我听到身后的湖水发出怪异的声音，既不像是风声，也不像是涛声。像是从湖底深处传出来的似雷鸣般的声响。我们所有的人都不敢回头去看湖面，只感觉有一个巨大的黑色物体在湖水中兴风作浪，随时都会把我们连同这只皮艇吞进它的肚子里。皮艇已无法掌控在舵手手里，在漆黑的湖面随波浪上下起伏。慌乱中，我们的视线中已找不到湖岸，离开了湖岸就意味着我们很快会迷失方向。但此时的我们已无能为力，皮艇在波涛中颠簸旋转，我们像是掉进了茫茫深渊。

一个巨浪打来，我们几人全都被从天而降的湖水浇透。皮艇的中央也灌满了冰冷的湖水，发动机不再发出突突的声音。所有的人都在惊呼，我们乘坐的皮艇要翻了。我们几人陆续被甩入水中，在冰冷的湖水中无望地挣扎。但大家都下意识地抓住了皮艇上的绳索。绳索将我们捆绑在体内充满了气体的皮艇周围。我们在湖水里随着皮艇上下摆动，随波逐流。身上的衣服被湖水浸泡后像灌了铅一样往下沉，大家抓住绳索围抱在皮艇的周围，像围抱在一个大的救生圈周围。我们每个人都非常清楚，皮艇是我们此时唯一的救命稻草。

在接近冰点的湖水里，我们的体温在迅速下降。渐渐地，我的下肢变得僵硬并慢慢失去知觉，意识变得模糊不清。我凭直觉察觉到，一个巨大的黑色物体在我们附近的湖水中拍打着巨浪，在我们周围来回游动着。

这会不会就是人们传说中的湖怪呢，我惊恐地想。当地的老乡说，湖怪每一次出现，都会有狂风巨浪相伴，今天的天气刚好吻合了这一说法。在这冰冷的湖水中，如果真有湖怪出没，我们几人只不过是湖怪口中的一口食物，它只需要张张嘴，我们便成了它的腹中之物。在接近两百米深的湖水里，湖怪才应该是它真正的主人。只要湖怪愿意将我们吞进肚里，我们没有一点挣扎的余地。我脑海中浮现出了常在湖边看到的被遗弃的白色骨头的情景，据说它们都是被湖怪拖入湖水中吃剩下的马和牛的骨头。马和牛这些庞然大物湖怪都能够轻易地吞下，我们这些小小的人还算得了什么呢。那么，从今往后，喀纳斯湖边又会多出一些青白色的人的骨头了。

想到这些，我努力想要翻上正在跳跃摇摆的皮艇，但我身上像是穿了一身铅做的衣服，任凭我怎样使劲都动弹不得。对面的舵手对着我叫喊，千万不能爬到皮艇上去，那样的话我们立即都会被冻成冰棍。我马上明白了，现在湖面以下是冰点以上，而湖面以上则是冰点以下。如果我们现在离开湖水，不用湖怪来吞噬我们，我们就已经被冻死在皮艇上了。

这时，湖面的风浪更大了。波浪接二连三地劈头向我们打来，使得我们没有喘息的机会。看来，我们真的要葬身在喀纳斯湖底了，我绝望地想。寒冷中我努力睁开眼睛，在汹涌的波涛中，我依稀看见皮艇周围几个若隐若现的身影。在我们的附近，那个巨大的黑色物体仍在来回游动，拍打出滔天的巨浪。

但此刻我已顾不了那么多，因为我的意识已经开始变得混乱。

蒙眬中湖西岸的观鱼台出现在我的眼前，我看见观鱼台上繁星满天。幻觉中的星空总是比现实中要亮丽和精彩得多。喀纳斯仿佛无意中降落在银河的中央。我乘坐宇宙飞船，穿行在银河两岸。星星们硕大无比，像一颗颗晶莹剔透的水晶球，银光闪闪。观鱼台矗立在银河的中央，佛光闪现。在我的眼前，天上和地上的最美景色有如神助般被完美地结合。我发现银河真的很大，而且星星们在太空中都在飞快地奔跑。在银河的两岸，我们人类为自己编织了一个非常唯美的传说，那就是牛郎和织女的故事。在地球上看牛郎星和织女星，织女在我们的头顶，牛郎在我们上空银河的东南方。两颗星隔着银河眉目传情，相思的凄苦难以言表，但他们守望的是一年一度的相会。现在我看得很清楚了，神话中的七夕鹊桥相会也只能是美丽的传说故事，要知道它们之间相隔十六亿光年，即便是打一个电话，等得到对方的回音也得三十多年呢。但我们人类的聪明在于，现实中无法做到的事，我们往往把它编织在天上。在古时候的现实生活中，我住长江头，君住长江尾，日日思君不见君的故事常常发生，才一个长江之隔相见都会那么难。不像现在有高铁和飞机，真正实现了天涯若比邻。那时候，反正天上的事儿谁也说不清，于是就编织许多本应该在地上发生的美好故事在天上发生。而这一切都因为，地上的事情太复杂。把复杂的事情抛到九霄云外的天上，就会变得简单许多，而且故事的结尾又会轻松如愿许多。

刺骨的冰湖让我回到现实中，我努力睁开眼睛，湖面依旧波涛汹涌，我依稀看见皮艇周围几个若隐若现的身影。在我们的附近，那个巨大的黑色物体仍然拍打出巨浪，来回游动。

我莫名其妙地想起一个人，一个叫约翰·缪尔的人。约翰·缪尔是美国早期环保运动的领袖，是美国国家公园的倡导者。每当我在现实生活中对如何对待原始的自然这个人类共有的家园产生疑问的时候，总会和他进行精神层面的沟通。我常在冥想中追问约翰·缪尔，固执地推崇对自然生态的绝对保护，对人类成长的意义何在。约翰·缪尔抚摸着我的头告诉我："我可爱的孩子，你知道如果我们当年不提倡保护荒野运动，保护约塞米蒂山谷，哪会有现在美丽的美利坚大地，又怎么会有世界上如此众多的人们去感受大自然对人类的恩赐。当年，我们反对在赫齐赫齐峡谷中建设大坝，但我们失败了，结果是，大坝建成了，人类改变了大自然，但大自然对我们人类的报复，却又不仅仅停留在修建一座大坝带来的噩梦。你要知道，在这个世界上，必须要有一些地方让人的灵魂得到安慰，那就是原始的自然。只要人类还存在，就需要听鸟儿、风儿和瀑布的歌唱。"约翰·缪尔俯在我的耳边向我低语："孩子，在这个充满贪欲的世界上，保护环境的抗争永远不会停止。"约翰·缪尔也许是一个过度极端的自然主义者，但面对过度极端的物欲横流的人心，约翰·缪尔的极端似乎显得微乎其微。好在当时还有一部分理智的权贵顺从了他的意愿，否则在美利坚的大地上根本就不会有国家公园这一名词的存在。每一次在冥想中和约翰·缪尔的神交，都助长了我对保护荒野的深度认识。我常常在思索，像喀纳斯这样的人类净土到底意味着什么。它们已经所剩不多，并且还在逐步消失。当它们彻底消失殆尽的时候，我们人类也就失去了最美好的精神家园。没有了精神家园的人类，一定会退化到人类最初的荒蛮年代。可怕的是，最初的人类最为依赖的，便是养育了我们人类的最初的原始自然。

我感觉整个躯体开始向湖水的深处慢慢沉去。那个巨大的黑色物体随着我的下沉也离我越来越远。

我沉入湖水中央，湖水深处变得如同白昼。我惊异地发现，喀纳斯湖的水下世界原来是如此的梦幻奇特，美妙无比。这里，森林茂密，鲜花盛开，万物生长，各种动物自由地行走其间。这里唯独没有人类，没有了人类的世界原来是如此的平静祥和。我愈往下沉愈感觉轻松自如，就连湖水也变得温暖而微微发甜。我畅游在这个原始的水底世界里，像在重读儿时读过的《海底两万里》，又像在读一本未曾读过的童话故事，我对这里的一切都感到好奇和不可思议。这里的动物和植物们对我的到来似乎见怪不怪，好像在它们的领地里根本就不在乎多了我这么一个异类。看到水底生物们对我并无戒备心理，我加速了在湖底的游动。我比湖里的任何鱼儿游得都快，双腿稍微拍打一下，身体就像箭一般飞了出去。我穿行在湖底的森林和山峦之中，自由而任性，仿佛整个水下世界唯我独有。很快，我来到了喀纳斯湖的入水口。我发现水下和地面一样，这里也有几个进水口是喀纳斯湖的水源。我试探着进入一个较大的洞口，洞中怪石嶙峋，五光十色。我在洞中游了很久，像要游到天的尽头。最后我看到几只北极熊在水中玩耍，我知道我游到了北冰洋的水底。原来，世间人们传说的没错，喀纳斯湖真的和北冰洋有地下暗河相通。那么，另外几个入水口是不是通向其他几个大洋呢，我更加胆大地幻想着。我怕自己待久了会迷失在茫茫的北冰洋水底，赶忙找原路返回。很快，我又游回到喀纳斯湖的湖底。我庆幸我们的皮艇被风浪打翻在湖里，我庆幸我们没有找到湖岸，我庆幸我被湖水淹没并沉入湖底，否则我不会有幸验证喀纳斯湖真的连接着北冰洋，更不会有幸看到喀纳斯湖水深处还隐藏着人类这个最初的童话般的世界。

就在我陶醉在眼前这个奇异情景里的时候，我忽然发现那个一直跟随我们的巨大黑色物体猛然间来到我的眼前。但我根本看不清它的模样，它太高大了，几乎遮挡住了我眼前的整个世界。

"你是什么怪物，到底要把我们怎样？"我被压迫得喘不过气来，有一点声嘶力竭。

"哦，我可怜的孩子。我是喀纳斯湖的神灵，专门负责看护这片世间最后的净土。"如雷的声音像是从四面八方传过来。他继续说："我最初担心你们几个是人类的密探，是不是又准备来探寻这湖底的世界。但后来我发现，在自然面前你们这些人类简直不堪一击，一个浪花就可以把你们淹没，我便放弃了对你们的监控甚至开始保护你们不要被湖水淹没。现在，你知道喀纳斯湖底的秘密了，下一步，你们到底要对它采取怎样的行动？"

"呵，我尊敬的神灵。"我赶忙向眼前这个庞然大物请求宽恕。"当我们几人落入了湖中，起初我真的以为有湖怪在兴风作浪，让我们变得如此狼狈不堪。但当我看见湖水深处那伊甸园一样的情景时，我知道我们人类在这样的世界里是如此的多余。人类本应该保持对大自然足够的敬畏，但我们在过去的时光却做了太多太多的傻事。"

"哦，我可怜的孩子。其实，人类和自然本来并不是一对天敌，完全可以和谐相处。要知道，当人类向大自然无休止地索取的时候，其实大自然从未转身离开。大自然永远是人类赖以生存的母体。但你知道吗？大自然也有它自身生命的规律，它也会生老病死，也会有寿终正寝的那一天。如果人类不珍惜它，它就会加快老去的速度。当它的免疫力逐渐丧失，病情就会加重，它跺跺脚，甚至打个喷嚏，这个世界可能就要发生地震，还会引发海啸，甚至是火山爆发，如果严重了，还可能给人类带来致命的灾难。因此，你们人类发展到今天，已经使地球变得伤痕累累。现在，能够拯救你们人类走出困境的，还应该是你们人类自己。"

"呵，我尊敬的神灵。感谢你的宽宏大量，让我们在这冰湖之中受到庄严的洗礼。现在，我知道喀纳斯湖中流动的是什么液体了，那分明是冰川的血液。我知道，如果我们人类再不警醒，这血液在不久的将来终会有干涸的一天。那时候，我们人类的眼泪必定是这冰川上的最后一滴水。"

说话间，我好像被一双无形的臂膀托举着送出水面。湖面依旧波涛汹涌。

我想起刚才喀纳斯神灵给我说的最后一句话，能够拯救我们人类走出困境的，还要靠我们人类自己。我们必须要设法回到岸边，否则我们只有死路一条。只有回到岸上，我们才有生存的可能。于是，我们努力推着皮艇向西岸游动。

但我们的努力似乎微不足道，皮艇只是随着波浪来回摇摆。我的身体在冰冷的湖水中已经渐渐失去了知觉，我感觉整个躯体开始向湖水的深处慢慢沉去。我真的要沉入湖底了，我要离开这我钟爱了一生一世的人间。我惊奇人之将死心境也开始平静下来，没有挣扎也没有了过多的繁杂。没过多久，我感觉我喝了许多口冰冷的湖水，我的胸腔被湖水积压得快要炸开。我在湖水中痛苦难耐，再一次抓住绑在皮艇上的绳索挣扎着冲出水面。这一次，我分明看到了远方的一处明亮的灯光在湖面上遥遥闪现。我怀疑我因过度寒冷产生了做梦似的幻觉，但同伴们的惊呼让我坚定了我们有重生的信念。

是的，湖面上有一只灯光由远而近在向我们驶来。一定是码头上等候我们的人们前来营救我们。我们离开码头太久了，为了寻找我们,他们必定又把已经停靠上岸的游艇重新放回水中。灯光在我们的视线中起起伏伏,但确实是越来越近了。

顿时,哭喊声、惊叫声响成一片。我们像一群被丢弃后又重新找到父母的孩童,伤心、委屈、怨恨、惊喜各种情绪同时爆发出来。我们只等着父母张开双臂,好让我们能够投身进去。这时,我们的四周忽然变得极度安静,刚才还凶猛无比的湖面这时也变得温情柔软起来。游艇的马达声开始时若有若无,现在则由小到大地传入我的耳朵中。游艇上的灯光折射到水中,像温暖的晚霞照得湖面波光粼粼。这一切都是如此的真实。我又莫名其妙地想起了额尔德什老人,那个已经离我们远去的楚吾尔的吹奏者。他在世时创作了一首喀纳斯湖波浪的吹奏曲,曲子虽然苍凉忧伤,但最终阳光下浪花荡漾的喀纳斯湖却温情如上苍的乳汁,让经历了乱世的喀纳斯的先民们有了重生的希望。

现在,也是在这样温情的喀纳斯湖的波浪中,我们将同样获得一次重生。

这时的我们只需要耐心等待,因为重生的希望就在我们的面前。我们等待游艇上的人们把我们从水中捞出的那一刻,我们一定会兴奋异常。但当我真正离开湖面时,我的身体开始不停地打着寒战,大脑渐渐变得一片空白。在我彻底失去意识前,我努力回头向喀纳斯湖望去。

我看到的只是漆黑的湖面和远处隐约模糊的山影。

聆听喀纳斯

LingTing KaNaSi

这个冬季，你像幽灵一样来到喀纳斯，伴随着喀纳斯冬眠般微弱的呼吸，有幸聆听了喀纳斯。你聆听了它的有声，也聆听了它的无声。

你深深感到，现在，想体验自然原始的喀纳斯也许只有在冬季了。因为夏秋之季的喀纳斯，已是人声嘈杂了。你想安静，已是不太可能，或是跟着旅行团，或是投奔当地的朋友，住宾馆，吃饭店，身不由己，除了看风景，还是过着城市般的生活。只有在冬季，来喀纳斯旅游的人们才最能亲近自然。大家一律住在图瓦老乡的木屋里，一律没有电视看，一律关闭手机，一律喝着老乡家烧出的奶茶，吃着油炸的包尔萨克，你一碗我一碗，你一口我一口，不论职务高低，无论贵富贫贱。

就是在这种原始的状态之下，你才能真正体会到喀纳斯的原始之美，感受到喀纳斯的厚实民风，聆听到喀纳斯原本的声音。没有外来因素的干扰，一切都是平静的、真实的、和谐的、天人共有的。

你来喀纳斯时天上正飘着密密麻麻的雪花，整个下午都无法出门。你盘腿坐在老乡家的板床上，看木屋窗外鹅毛大雪纷纷扬扬洒落大地。下垂飘落间偶尔有雪花与雪花相碰撞，碰撞之后它们或者变成碎末或者相拥而下。

你在想，雪花之上是否也有生命存在，就像人类依附的地球，只是在时间和空间上要压缩亿万倍。而在雪花们相撞之后，雪花之上是否也有风雨雷电、地震海啸。雪花之上的微小生命是否也在四处奔逃，躲避着灾难，甚至有的生命在一瞬间就会化为灰烬。而更多的雪花则是垂直落下，从天空到大地，演绎着一段生命从有到无的过程。你感觉它们落下时很轻，但对它们而言却是粉碎自己生命的一次撞击，悲壮而执着。这有一点像宇宙，星星众多，时刻都在重复着生与死的轮回。一片雪花就是一颗有生命的星星。

　　傍晚时分，喀纳斯的雪停了。老乡家炉子烧得极热，木柴在炉膛间噼噼啪啪火星四溅，炉板上的水壶嘴打着鸣哨，水壶里的水翻滚不停，壶盖被开水的热气顶得一掀一合。

　　窗外，云层渐渐变得薄了，西天透出了光亮来，而且这光亮由灰色慢慢变成了白色，最后又变成了橘黄色。你知道晚霞要出来了，晚霞出来了就意味着天要放晴了。俗话不是说朝霞不出门，晚霞行千里吗？

　　你走出木屋，身后木门关闭时撞击门框的啪嗒声会传出很远。不一会儿这声音又会从高大的波勒巴岱山返传回来。这声音再次进入你的耳根之际，你已走出院门，来到村庄中间的路上。天空渐渐放晴，寒冷也就迅速袭击了大地，这时西天上空最后一抹晚霞也被夜色快速吞噬掉了。喀纳斯的夜晚真正来临了。

　　你来到村庄的深处，不时有狗的叫声从某一人家的院落中传出。你想起"柴门闻犬吠"的诗句，这句诗此时用在此地真是太恰当不过了。你在想，写这诗句的古人是不是也来过喀纳斯呢？应该来过，至少是在梦里神游过喀纳斯吧。棉皮鞋踩在雪地上发出嘎吱嘎吱的声响，这声音有节奏地在夜空中传送开去。这声音会传向哪里呢？应该是传向遥远的夜空，传送到漫天的星斗之上。

　　你仰望星空，在零下30多度的夜晚，好像都能听到星星冻裂的声音。星星们像是在回应大地的声音，也向地球发出了信号，很吃力地一闪一闪地眨着眼睛。你想这是星球和星球之间的心灵感应。星星和星星之间，也应该和人类一样，它们一定是有亲情关系的。宇宙爆炸的那一瞬，它们才脱离了母体，被抛向了四面八方。有了亲情的关系，就有了彼此间的呼应，彼此间的聆听，你伤我悲，你喜我乐，在这繁杂的宇宙间，无论相隔多么遥远，总能相互间彼此遥望，你喊它一声，它会回应你一个眨眼。

夜晚，躺在温暖的木屋里，木屋的松香沁入你的心脾，让你久久难以入睡。隔壁老乡的鼾声隔着木墙传过来，鼾声均匀，有一点像催眠曲。你想起下午在木屋当中和男主人的一番对话。你问男主人："你们从一出生便住在这大山之中，到了冬季更是与世隔绝，听不到外界的任何声音，寂寞的程度可想而知。"男主人告诉你的话却让你为之一震："我们从一出生就降落在了一个充满了各种声音的世界里，鸟语虫鸣不说，河水欢畅不说，松涛阵阵不说，单是春天山花吐瓣的声音，夏天青草拔节的声音，秋天霜打红叶的声音，冬天雪压枝头的声音我们都能听得到。这大山里有声无声的事物其实都有声音，只是我们没有用心去听。有些声音，需要用耳朵去听，而有些声音，则需要用心去听。要知道，这个世间有时寂静所发出的声音是最响亮的。"你回忆老乡哲人般的话语，渐渐进入了梦乡。

清晨，你来到喀纳斯河畔的木桥边，这里晨雾弥漫。阳光刚刚照到波勒巴岱山峰上，把高高的雪峰映成了桃红色。随着太阳升高，这红色逐渐变淡，还雪山一个本来的洁白。

你沿河而上，在这条幽深的河道里，除了清澈的流水外，最吸引人眼球的，要数河岸边那成群连片的雪蘑菇了。雪蘑菇的母亲是溢满河滩的那些大大小小的鹅卵石。进入秋季后，河水开始变小，并萎缩到了河中间那条深深的河沟中。冬天的雪一层层地落下来，把鹅卵石严严实实地裹盖起来，慢慢地，雪蘑菇厚实起来，在阳光的照耀之下，变得越来越有质感。清晨的阳光洒落在河谷之上，雾气蒸腾，整个河道形成了一幅极富韵律的鲜活图像。

冰湖中的雪蘑菇

  喀纳斯河两岸的泰加林挂满了晶莹剔透的霜花，变成了一条雾凇的廊道。你知道，雾凇的形成至少要有两个条件，一是水汽，二是寒冷。二者冷热相遇，就形成了雾气，雾气碰到冰冷的树枝，便使河两岸树林的枝枝干干结满了丰盈的树挂，构成了满满一条河道的雾凇奇观。喀纳斯河谷极少有风，于是层层叠叠的霜挂把白桦树的妖娆身躯压得极弯，树梢的枝条呈棕褐色，细长而垂直，像一个个妖娆女子的秀发披散在腰间。这时的喀纳斯河谷，是蓝色调的水墨画。

  喀纳斯湖湖面这时已被厚厚的冰层覆盖，只有出水口水流不断。你看见两只水鸟在戏水，它们不时从水中跃到河水中的巨石上，再从石上跳入水中互相玩耍。看见你来到冰岸边，它们又一个猛子扎入水中，立刻不见了踪影，不一会儿在十米开外它们又浮出水面，向对岸游去。由于水面平静，它们的身后划出的两条长长的水纹，慢慢才能散去，让你联想到夏季喀纳斯湖面游船跑过后留下的波纹。

雾凇

你走向大湖，这是你此行的目的。你早就梦想着，站在喀纳斯湖的湖面，体会湖的博大，感受自己的渺小。喀纳斯湖面的冰层足有两米厚，冰层之上又覆盖了一层厚厚的白雪。你在湖面上蹚雪而行。漫过膝盖的积雪被你的双腿向前推开去，翻向两边，像犁铧翻开土地那样。喀纳斯湖面的积雪是呈颗粒状的，在零下30度的冬天里，颗粒状的雪相互不粘连，像沙子那样松散。所以你每迈出去一步，雪花就像浪花一样朝前翻开去，一步一步，雪浪不停地向前翻滚，发出沙沙之声。

你站在大湖之上，也只有这时，你才能不借助任何设施站在大湖之上。四周白雪皑皑，泰加林全都脱去了衣裳，没有了春的绚烂、夏的浓绿、秋的烈艳。

喀纳斯湖这时是寂静无声的。往日的喧嚣已被冰雪遮盖，你踏雪而行的声音在这巨大的山谷间根本就微不足道。你环顾四周的群山，张开嘴巴用尽力气呼喊，你的声音传不出几米已被漫野的大雪和凝重的空气没收殆尽。你躺在湖面的白雪之上，仰望湛蓝的天空在你的眼前飘忽不定。你设想有一架摄像机的镜头对准你，然后拔地而起拉向空中，但才离开湖面还不到几十米，镜头就已找不到焦点，也看不到你的身影。你想这大湖真是太大了，大得一个人置入其中还不如大海里的一滴水。你就这样躺在雪地之上，你想着就这样一直躺下去，把自己融入这大湖之中。不久，你听见自己的心跳敲打冰层的声音，咚咚咚咚，这声音像电波，穿透喀纳斯湖的坚冰传送到湖水的深处。

喀纳斯湖这时又是声响轰然的。是的，当你的心跳声传入喀纳斯湖一百多米的水下时，搅动了一群生灵的平静生活。先是冬眠的鱼儿们惊醒了。它们以为春天提前来临，欢跳着像箭一样在湖水中来回游荡。它们奔走相告，向同类发出复活的信号。就这样，不用多大工夫，所有的鱼儿们都醒来了，湖水中热闹非凡。这喧嚣之声也惊动了另一个庞大的种群，它们也开始喘息和蠕动起来。

你分明听到了冰层之下湖怪那不同于鱼类的加速游动的击水之声。想必湖怪们也难挨这漫长冬季的不见阳光的水底生活。缺氧不说，更为可怕的是寂寞。长达半年之久的冰雪覆盖，它们已再难见到观鱼亭台上和湖面游船里那些穿着花花绿绿的游客。整整一个夏季，湖怪们已习惯了和人打交道，像是和人们捉迷藏，偶尔露出水面，喘口气，或者游荡几十米，人们就会把这件事无限放大，登到电视网络和报纸上，供人们茶余饭后去评说。这时湖怪距上次出来亮相足有半年之久，半年中它们再也没有闻到人身上的腥味。你的到来，让它们兴奋无比。湖怪们纷纷向你游来，带动的湖水的白色泡沫发出哗啦哗啦的声响，泡沫向上翻滚。透过玛瑙色的冰层，湖怪看清了你漂浮在冰面的身躯。它们太熟悉这身影了，整个夏秋之季它们都被这五颜六色的身影所吸引，于是它们才一次次冲出水面。这时湖怪们似乎是忘记了有坚固的冰层，它们加速向湖面冲去。一声巨响，湖面坍塌下去，湖水四溢。

你感觉你的身躯在湖水中不断下沉。下沉中你碰见了一个曾经见过的湖怪，你惊异湖怪长得一点都不怪。湖怪问你："你来了。"你说："我来了。"湖怪问你："好多人都不相信有湖怪，你相信了吧。"你说："信则有，不信则无。"湖怪说："其实在我们湖怪的眼里，你们人类也是一群怪物。我们湖怪只在湖水里活动，即便是偶尔出来兴风作浪一下，也只是在我们自己生活的湖里，从来没有干涉过别人的生活。而你们人类就不一样了，像小孩子一样天天打架，还抢别人的东西。地球已经被你们折腾得不成样子了。现在，就剩下喀纳斯这么一片干净的地方了。请你告诉你的同类，要是再乱来，我们湖怪都无处藏身了。"

你被惊出了一身冷汗。环顾四周，你仍然躺在冰湖之上，星星们出现在夜空的远方。

你离开喀纳斯的时候，天空又莫名其妙地飘起了雪花。你有意躲避着雪花，生怕撞疼了它们。你深信，撞疼了它们，就撞疼了另一个世界。

禾木星空

He Mu Xing Kong

人的记忆是个很奇怪的东西，有些事物你强行让自己记住，但你死记硬背了一百遍却还是难以记住它；而有些东西在你很小的时候只是偶然间看到了它一次，你便记住了它，而且一生一世难以忘却。李白的"危楼高百尺，手可摘星辰。不敢高声语，恐惊天上人"那首诗，我便是在儿时诵读了一遍，就永久地印在了脑海里，并且为它神往了一生。

我小时候生活在阿尔泰大山前山地带的冲乎尔盆地，那是一个山清水秀的地方。每到夜晚，山野四处一片寂静，我时常走出干打垒的土屋，仰望万里夜空。满天星星眨着眼睛，有的特别明亮，有的若隐若现。因为冲乎尔盆地太深，四周的大山太高，总是找不到"手可摘星辰"的感觉。现在想来，那时年龄太小，胸怀太小，哪能站在李白的高度去看待世界呢？现在想来，人的胸怀是随着年龄的增长而慢慢博大起来的。

后来，去了阿尔泰大山之外的布尔津县城上高中。就像布尔津河的河水，我从深邃的冲乎尔盆地流淌到布尔津这个平缓之地，夜空的星星已经比冲乎尔的要逊色了很多。我于是常想，地处北疆北部的布尔津的夜空尚且如此，那么遥远内地的夜空又怎么可能手可摘星辰呢。李白当时也许是站在危楼上高了百尺的缘故，但百尺也顶多不过三十米，它又能与天拉近多少距离呢？或许只有一个原因，那就是古时候内地的空气比现在要清新得多，人们看星星比现在要清楚得多。

再后来，接待了许多内地来的客人。他们惊讶于布尔津小城的美丽，惊讶于布尔津小城的蓝天白云，更惊讶于布尔津小城星空的透彻明亮。我问他们："你们内地的星星不也是伸手可摘吗？"他们说："那叫雾里看花、水中望月啊。"我明白了，美丽是要有比较的，美丽不是一成不变的。当你长年累月处于美丽之中，你就对美丽产生了视觉疲劳。一个在乌鲁木齐当记者的朋友说,他从小到大没有见过流星的模样。其实,何止是乌鲁木齐,内地的许多城市,现在又有几个能见到晴朗的夜空。一个在禾木开小旅店的个体老板非常可笑地告诉我,内地来的游客真是天真得像孩子,每当夜幕降临,他们会在门前的草地上四仰八叉地躺满一地,醉眼蒙眬地数天上星星的颗数,叫自己熟悉的星星的名字。

前些年,几个南方来的朋友去禾木,他们是所谓的驴友。他们是在乘车到达禾木后,租了几匹马驮上行李,穿越崇山峻岭前往喀纳斯的。夜晚他们在高高的阿尔泰山脉的脊梁叶买盖提露宿了一晚。回来后他们告诉我,禾木的夜空真是太美了。我问他们:"美到什么程度?"他们齐声说:"星星就在头顶挂着,仿佛伸手就能摘下来。"我说:"不就是古诗里说的手可摘星辰吗?"他们说:"对,但小时候读古人诗原以为那是古人的美好想象,因为他们在内地就从来没有见过像禾木夜晚那样硕大的星星,没想到这世间还真有此情此景。"

这之后我再去禾木时,也就认真地留意起禾木的星空了。但那也大多是陪客人在半醒半醉之后的事,对于满天的星星也是说不清、道不明的。禾木星空之所以让我刻骨铭心,是因为2008年元旦,我和一群摄影发烧友坐着马拉雪爬犁去禾木后留下的美好回忆。那时的禾木,冬季大雪封山,进出只能靠马拉雪爬犁。

那是禾木冬季最寒冷的季节。我们一行从布尔津坐车到冲乎尔,再从冲乎尔改乘马拉雪爬犁去禾木。从冲乎尔出发时,晴空万里,几十个马拉雪爬犁一字排开往前奔跑,很有一点阵势。白天是零下30多度的气温,马拉着雪爬犁嘴里喷着大股的热气,马浑身的皮毛也被自己的汗水浸湿,时间久了每匹马的面部和皮毛便结满了白霜,鼻孔下面冻了两根坚实的冰棍。赶爬犁的哈萨克小伙戴的皮帽子和毛围脖也都被白霜遮盖,两只眼睛在晶莹的冰霜之中显得格外明亮有神。可惜越往山里走,天空渐渐变得灰蒙蒙的了。当晚住在一个叫石头房子的客栈，几十个人分三个房子住，想象着明天应该是一个好天气，大家还是进入了甜蜜的梦乡。但第二天早晨，天空还是彻底地阴沉下来。在马拉雪爬犁上挨饿受冻了一整天，我们终于在夜幕降临时到达了禾木。这一夜星星肯定是看不到了。

禾木深冬

早晨在蒙眬中醒来，第一反应还是首先拉开窗帘看窗外的天气。大家再次失望地将自己撂倒在床上，因为窗外正飘着鹅毛大雪。摄影没有光线就像夜空没有星星一样让人懊恼。好在乡里和村里在这一天安排了一些雪地赛马、古老的滑雪和摔跤射箭等民俗风情的摄影活动，让几十个受尽辛苦慕名而来的游客大饱了图瓦人民间文化的眼福。

临近傍晚，从云层里透出了一柱微光，我在想，看来今晚禾木的天空有放晴的希望了。

果然，正吃晚饭间，一朋友出外惊呼："天晴了，快出来看星星啊。"我们一群人来不及穿棉衣便蜂拥而出，仰望天空大家一片欢叫。

　　是啊，这是如此美妙的一个星空。在我们的头顶，星空是透彻的，是密集的，是立体的。前后左右，星星像是被时间老人随意地抛洒在宇宙间，抛洒的惯力让它们始终在自由旋转。我们仿佛是乘坐着宇宙飞船在太空中穿行，稍不注意便会碰到身边的某颗星星。由远及近，星星一颗比一颗大，及至我们跟前，我们站着的这个星球便是最大的一颗星星。这时真有天人合一的感觉，我们置身于深邃无限、茫茫无边的宇宙中央。我们的脚下是银色的禾木，是银色的阿尔泰大山，是银色的北半球，正和这满天的星星构成浑然一体的壮丽场景。如鸡蛋大的星星洒落在夜空中，自由而有规律地旋转着，触手可及，伸手可摘，仿佛喊一声，就会掉落下几颗。在我们置身的苍穹之中，银河系真是一道天河，由南向北穿行而过，它是时间老人猛力一抛的重心。在银河系西北的上方，大熊座由7颗明亮的星星组成勺子的形状，那就是北斗星。而大熊座和仙后座不停地以北极星为中心有规律地转动，每天向相反的方向转过1度，一年后又转回到起始的位置，这是地球公转和自转现象的反应。宇宙中有许多有趣和深奥的现象尚未被人类天文学家发现，而对于我们这些常人来说更是知之甚少了。比如天空中已明确的有近7000颗人类用肉眼可以看到的星星，而我们的肉眼看不到的星星又有多少颗呢？

　　在这相对静止的夜空中，有两种流动的星星最为引人注意，那就是天体间的流星和地球的卫星。流星是天体间的过客，它之所以让人们记住，是因为它在消失时燃尽自己的能量在夜空中划出的那道明亮的弧线。也许每一颗星星最后都会成为一颗瞬间消失的流星，就连我们生存的地球也不会例外。生老病死，是宇宙间不可抗拒的自然规律。卫星的运行速度远远不及流星那样快，也只有在禾木的夜空中才能看到缓慢走动的卫星。卫星是人类为了认识和改造自己生活着的这个星球而创造的一颗人造小天体，它的寿命比任何一个宇宙天体都要短暂得多，它在漫长的宇宙空间里，其实还算不得一颗流星，或许有一天这个星球还会因为它的存在而缩短自己的寿命。我又联想到我们人类自己。我们人类在这个浩渺的星空中又算是什么呢？几十年的人生过程短暂得像做梦，所以有人说人生如梦。于是有的人真的就让自己的一生做了一场梦，甚至临死的时候梦还没醒。而有的人却将稍纵即逝的一生，演绎成了一场人生大戏，让自己比流星燃尽那一刻还要短暂的生命，在历史的长河中留下让后人永远铭记的英名。

我被这星空搞得浮想联翩，旁边几十个游客的齐声朗诵把我呼唤到现实中来："危楼高百尺，手可摘星辰。不敢高声语，恐惊天上人。"几十个历尽艰辛的人，像孩童一样在禾木的星空之下如痴似醉。

儿时对古诗的美好憧憬，在禾木冬天的夜晚成为永久的记忆。

独 秀 峰

DuXiuFeng

禾木村的正西面，有一座孤独的山峰，哈萨克语叫苏鲁乔克，图瓦语叫波什达。苏鲁乔克是美丽峰的意思。波什达的意思是独秀峰。

两种语言的名字其实表达的是同一个意思，就是这座山峰不同于禾木村周围的其他大山，它既和周围的山峰紧密相连，同时又是一座独自娟秀美丽的山峰。

一开始，我对这座山峰的存在并不是很留意。和所有的游客到禾木村的目的一样，大家都是冲着禾木这个布满木屋的古老村子而来的。当然，也有不少朋友跟我介绍，说是美丽峰如何如何之美。但总觉着，与周围的群山相比，这座山峰的高度最多只到它们的肚脐眼，实在算不上是一座山峰。从远处看，禾木盆地被周围起伏不平的大山围在中间，这座山峰像一个弹丸的小山头，静静地躲在盆地的边缘。所以，每次到禾木村，都没有把这座山峰认真地看上几眼。

十多年前，我认识了禾木村的达合迪老人。老人当时是布尔津县政协的副主席，是图瓦人中地位和文化知识最高的人。他给我讲了这座山峰的来历。

相传，当年造物主在建造阿尔泰山时，不注意剩下了最后一锹土。造物主把土端了半天四处张望，觉得放在哪儿都多余。如果把这锹土堆到了哪个山顶，那个山头就会太高大，和周围的群山不协调；如果放在沟底，又会挡住禾木河的去路，盆地就会变成一片汪洋，将来没法建造村子。最后，造物主索性把那锹土轻轻放在了禾木村的旁边。当然，那时候连人类都没有，肯定也不会有什么禾木村。但造物主就是造物主，他那时候似乎已经谋划好了，这一锹土放在了这里，将来必定会诞生出一个阿尔泰大山深处最美丽的村子。

起初，这座山峰和阿尔泰大山一样，都是裸露的山石和泥土，寸草未生，没有一丝生机。后来，过了亿万年，阿尔泰山变得青山绿水，生机无限。这座山峰也从一锹多余的剩土，变得挺拔而灵秀，以至于人们不去看那些周围高耸入天的群山，单单只把目光投放到这座不高不矮的独自挺立的山峰上。它不单成为历代萨满带领图瓦人祭奠自然，与神灵对话的最高祭台，同时也渐渐成了禾木村的标志和形象。

达合迪老人的话语让我对这座山峰开始刮目相看，故事似乎赋予了这座山峰以青烟缭绕般的魂魄。从那以后，我每次到了禾木，就会认真地观察这座独自秀美的山峰来。在山峰和禾木村中间，隔着一条禾木河。正是这条禾木河，让山峰和禾木村保持了不远不近的距离。这也印证了那句话，距离产生美。太近了，展现美的同时，缺陷也必然暴露无遗。太远了，自然什么也看不清楚。所以，美的距离一定是恰到好处。

也难怪，过于高大的群山，总是让人仰望，时间长了，就会脖子酸痛，视觉疲乏。但禾木的这座山峰却不同，它的大小，最多算得上是上苍手里的一锹土。但对于禾木村的村民来说，这随意一放的一锹土，造物主却放得大小适中，恰如其分。它的形状宛若金字塔，又像合十的双手，阳坡长草，阴坡长树，无论冬夏，阴阳分明，总显得生机勃勃。

2014年的深秋十月，达合迪老人去世了。生前，他在组织当地的老人们编写图瓦人的历史。书的名字是我给老人建议的，叫作《中国图瓦人志》。因为在全中国仅有的两千多图瓦人，全部生活在喀纳斯区域的禾木村、喀纳斯村和白哈巴村。这两千多图瓦人的历史，就是一部中国图瓦人的历史。书还没出来，老人却已经离去。我不知道书里面有没有关于独秀峰的记载，但我相信，老人的离去，一定使图瓦人的族群里失去了一座特立独行的山峰。

独秀峰

　　禾木的这座山峰，人们早已习惯叫它美丽峰了。它本身也对得起这个称谓，它是禾木这片群山中最美丽的山峰。那么独秀峰呢，当你了解了这座山峰的前世今生，在内心记住它还有这么一个别致美好的名字，倒也是一件很有意义的事情。美丽，自然美妙无比，但独秀，却一定是超凡脱俗的。

　　这有一点像图瓦人，他们独自在深山老林里面居住了几百年，过着隐居一般的生活。世人也许对他们不屑一顾，就连成吉思汗当年都说他们是生活在林子里的百姓，把他们放在这片山林中放马养牛，提供战时物资。但他们却在与世隔绝的环境中，快活地生存至今，并且把自己活成了阿尔泰大山的一部分。试想，如果当年成吉思汗西征打下的每一片江山，都能有一群像图瓦人一样的热血臣民精忠守护，那么世界的版图又该是如何描绘呢？但图瓦人毕竟只有这为数不多的一个族群，他们守护住了这么一片壮美的山林，已经无愧于遥远的东方。

图瓦人明白，独有的身世和特殊的生存环境，使得他们必须与众不同。哪怕是做依附于大山的一片山林、一片云彩，也一定要做最艳丽的那片林，最洁白的那片云。

曲开老人

QuKai LaoRen

我一直想给曲开老人写一篇文章，但是每每提笔，又总是苦于无从下笔，时间长了，于是想，山里的一个老人而已，也没有做过什么惊天动地的事，不写也就不写了，给自己找了一个不写的理由。但又不死心，总觉着这是一个与众不同的老人，如果不写出个一二三四五来，可惜了禾木村的一个好素材。于是，就有了下面的一二三四五。

一、一条河能隔多久

八十三岁的曲开老人身体硬朗得像一个小伙子。八年前，我第一次见到他时，他七十五岁。那天，看见他从坡下的禾木河中一手提着一个装满水的铁桶，昂首挺胸地向坡上的家中走来，着实把我吓了一跳。别说一个这么大年纪的老人，就是我们这些所谓的壮年人，要提起这样的两个大桶爬这样长的坡，想想都觉得累得慌。当我在他的木屋里看到了打铁的锤头，截木头的锯子，以及形形色色的各式工具时，我知道是长年累月的劳作使得眼前的这个老人是如此的健康结实。

后来，由于接触的多了，我们成了忘年交。每次见到我，他总是远远地向我招手。等我走到跟前，他会把七十几公斤重的我拦腰抱起，转上几圈，意思是告诉我他的身体还好得很。我每次在他抱我转圈之后也会抱起他转上几圈，倒不是表明我也很有劲，那是一种亲昵的表示。因为语言不是很通，我们相互之间的问候、亲近和互信全都包含在这种肢体语言之中。总感觉，那样的一个老人，住在远离村庄的山林中，又有着奔放开朗的俄罗斯人的性格，每次都能让我联想到年少时看过的屠格涅夫笔下的《猎人笔记》里的景象和人物。

随着旅游的开发，禾木村的知名度越来越高，游客也越来越多。村子里的人多了，经营户多了，村子和人就变得和原来不太一样了。村子比原来臃肿了不少，人比原来浮躁了许多。商业化总是陪伴着人类的活动而四处蔓延，禾木村也就不可避免地被商业化了不少。但是，那些从被极度商业化的内地来的电视、报纸、杂志的记者们想要看到的，却还是不被商业化的最初的村子和居民究竟是什么样子。

人们找遍了禾木村，但都没有找到最初想要的东西。虽然样子还是那个样子，但总觉得缺了点什么又多了点什么。最后，在苦苦寻找之后，人们在一个寂静的山林里，找到了曲开老人和他世外桃源一样的住所。

曲开老人独居的那片山林，位于禾木河的北岸，与禾木村隔河相望。但隔了一条河，就如同变成了两个世界。河的一面是喧嚣的，河的另一面是静谧的。隔着一条河，就恍若隔了一个世纪。其实，这个世纪的时光并不很长，也就是十年左右。十年前，禾木村和现在的曲开家一样，一片寂寞。

就这样，曲开家成了禾木村原始和原著的符号。老人和三个儿子的房子之间用木头围栏隔开，表明父子间是在分家生活。这片三三两两错落着的木屋依山傍水，被挺立的云杉和秀美的白桦树环绕包围着。曲开老人和他的三个儿子就是在这样的环境中过着日出而作、日落而息的原始古朴的生活。这样的景致，怎能不让内地来的记者和文人骚客们流连忘返。他们用照相机、摄像机拍摄了曲开老人的真实生活，然后刊登和播放在内地大大小小的报纸杂志和电视网络上。于是，短短几年时间，曲开老人成了禾木村的明星，同时也渐渐变成了禾木村的形象代言人。

起初，曲开老人对接受采访之类的事情很不习惯。记者们总是把他摆来摆去做着各种各样的动作，一场采访下来，那么硬朗的身体，往往都要累得腰酸背疼。时隔几年，当我有一次再去他家，偶然间碰到了一群南方来的记者正在他家采访，我看到了我不愿意看到的情景。曲开老人像是上了电影学院的速成班，变成了一个特会表演的演员。每每有照相机、摄像机镜头对准他，他总是若无其事地故意不看镜头，自顾自地干着自己手中的活计。有时候你让他看你的镜头，他倒会告诉你：那个样子嘛，拍出来的东西，假得很。我心目中的自然之神曲开老人竟然学会了演戏，这事儿把我吓得毛骨悚然的。

木屋上的彩虹

其实，只要稍微留意一下就不难发现，曲开家的变化还远远不止这些呢。只要有记者来采访，曲开老人就会先进房子里换上丝绸做的蒙古族的服装，他也不知道这种服装到底和图瓦人的服装有没有区别。他穿的衣服不再是以前的深蓝色的中山装加棉坎肩，羊毛织的线帽也换成了崭新的礼帽。我还是觉得原来的服装更生活，更本色。实话告诉了他，他摇头说："那个样子嘛，照相的人不愿意。"

也不知道是哪个记者朋友从什么时候开始把老人误导成了这个样子。想想真是又心疼又气愤。

当然，有些变化也很可喜。比如，来的人多了，曲开家的手工艺品可以变成商品卖成钱了。老人、儿子、儿媳妇，全家人都是能工巧匠。老人擅长大件的木器加工，儿子喜欢做一些木碗木勺等生活用具，而刺绣则是儿媳妇的强项。全家有一条不成文的规定，谁做的东西卖多少钱谁说了算。如果哪个人不在家，恰好又有游客要买他做的东西，那必须要等到他本人回来才能开张。又比如，老人的孙女额根齐木格被乡里选送到广州去上学，走之前就和旅游公司签好了就业合同，而且，三年的所有费用全部由政府和学校承担。再比如，儿媳妇苏勒格比以前会打扮自己了。她不再穿花格呢子做的裙子，而是常常让经常去县城的年轻姑娘帮她买城里女人爱穿的时髦裙子，过去常用花头巾包住的头发也烫成了卷卷的发型，等等，等等。

我在想，一个村落在短短十年间已经快要追赶上相隔千山万水的外面世界，那么，一条河流又能把一个家庭和一个村落相隔多久呢。这个还真不好说。也许很久，也许很快。

二、飘香的库普

那天曲开老人叫人给我带话，说是给我做的库普做好了，让我去他家看看是否满意。

还是在很早以前，曲开家烧奶酒的木桶就吸引了我的眼球。在图瓦语里，这种没有封口的木桶叫库普。库普上头小，下头大，上下两头都开口。因为对材质的柔性和防裂有相应的要求，所以库普大都选用当地的特有树种欧洲山杨来加工。

在图瓦人烧奶酒的工艺里,库普实际上起到了蒸馏罩的作用。烧奶酒的时候,库普坐在一口大锅之上,大锅里盛满了发酵好的牛奶。而库普的上方小口上又坐着一口小锅,小锅里加满了凉水。点燃大锅下面炉膛里当柴火用的松木,松木噼里啪啦越烧越旺,锅里的牛奶开始慢慢加热烧开。当沸腾的牛奶变成蒸馏水向上碰到装满凉水的小锅的锅底,它们会立即冷却凝结成水珠,沿着锅底一滴一滴流到通向库普外边的流酒槽。这时人们会手拿水舀不停地搅动小锅里的凉水,让锅底尽可能地变凉。锅底越凉,流酒槽里流出的奶酒就会越多。这样流出的第一壶酒,人们叫作头锅奶酒。头锅奶酒的酒劲最大,喝后最容易上头。

曲开老人烧制奶酒

曲开老人家里烧奶酒用的库普,和别人家的不同。别人家的库普,是用一块块木板拼接而成的,两头和中间各用一根细铁板做箍。显然,那样做的工艺比较简单,就像做一般的木桶一样。曲开家的库普可是用一段整根的粗大杨树木头做成的。从第一眼看上这个库普,我就有了想收藏的念头。这念头在我心头一藏就是好几年。

去年夏天的一天，我到曲开老人家里看他。那天，他儿媳妇苏勒格去村子里照顾上小学一年级的额尔德木图。苏勒格怕老人自己在家偷酒喝，把烧好的奶酒锁到了木箱里。老人急于要和我喝酒，但苦于钥匙被儿媳妇装走了，喝不了。后来，老人急中生智，索性拿斧头砸开木箱上的锁子，我们像做贼一样快快地把一壶奶酒喝进了肚子里。

趁着和曲开老人喝奶酒喝上了头的时机，我向他提出想收购他家库普的想法。老人听后眯起蒙眬的醉眼，沉默半天，用半通不通的汉语告诉我："哈哈，想得美你。这个嘛，我三十年用了，你拿嘛，不可能的。哈哈。"

其实，我本来就料到他不会答应我的。但我必须要提起这个话题，告诉他我是多么看中他亲手做的这个库普。又沉思了半天，他再次开口："你嘛真的喜欢的话，我嘛可以帮你做一个。"

我赶紧接过话题："做一个，多少钱？"

他闭目摇头："我嘛，不说。你说。"

"五百一个？"

他摇头。

"一千一个？"

他还摇头。

"一千五百一个？"

"哈哈哈。"

我知道他满意了。我从口袋里掏出一千块钱交给他："这个嘛，预付定金。等库普做好了，剩下的嘛再给你。"

他接过钱一本正经地一张一张地数过一遍，然后像不放心似的又数了一遍，这才将钱装进了自己的上衣口袋里。然后用右手使劲地把口袋压一压，确认它是在口袋里没有跑出来。

从那一天开始，我就每天惦记着我的库普，那个曲开老人答应给我做的库普，那个在我心目中将来一定会像文物一样弥足珍贵的库普。

我坐着马爬犁蹚着十一月份的初雪去曲开家拿我的库普。远远地，看见曲开老人站在坡上自己家的木栅栏里，正微笑地等着我。等走近了，和以往一样，他拦腰抱起我转上几圈。老人的力气还和八年前一样大。我同样也抱他转圈，他的身子骨依然结实硬朗。

走到院子中央，我一眼看到了我梦寐以求的库普。它被曲开老人摆放在冬日的暖阳之下，在白雪的映衬下散发着杨木本色的光亮。尽管它还没有来得及经受烧制奶酒的千锤百炼，沐浴奶香和酒香的反复滋润，但它从加工成型之时就与生俱来地散发着杨木的清香和奶酒的甘淳。我知道，这一切都源于眼前的这个老人，源于他的久居山林的自然心境，源于他做了一辈子木工活的那双大手。这心这手早已经和眼前的这个世界融为一体，所以他做出来的东西，才能物随心愿，无酒自香。

看到我很满意，曲开老人邀我进屋。他的儿媳妇苏勒格倒上奶酒，我和老人连干三碗。儿子杰格斯也从隔壁赶过来助兴。几碗奶酒下肚他已有些醉意，告诉我："我的爸爸嘛，已经好多年没有做库普了。做这个东西嘛麻烦得很，要去很远的林子里去找风倒木，因为活的嘛不能砍。木头拿回来以后嘛，要从中间挖空，挖不好嘛，木头坏了。"

我打断他的话："你能告诉我做这样的一个库普需要多长时间吗？"

杰格斯伸出一个指头："至少嘛一个月，可能还要再长一点时间。"

老人打断儿子的话问我:"你满不满意?如果不满意,我嘛可以重新给你做。"

我再给曲开老人敬酒,表达我的满意和谢意。随后,我从口袋里掏出五百块钱递到老人手里:"这个嘛,剩下的余款。"

老人接过钱,一张一张地认真清点了两遍,然后才把钱装进上衣的口袋里,又习惯性地用右手把口袋压了压。

我问他:"够不够?"

他微笑着点点头,端起酒碗说:"来,干杯!"

我们走出木屋。禾木十一月份的阳光如同我和眼前这个老人的关系,温暖而坦荡。我扛起曲开老人给我做的库普跟他告别。老人突然抓住我空出的左手,还是用半通不通的汉语跟我说:"我们图瓦人有一句话,朋友归朋友,生意归生意。不好意思了,我嘛你的钱要了。"

我用单臂搂抱住他,不管他能不能听懂,对着他的左耳大声说:"老爷子,不管是做朋友,还是做生意,这回我都赚啦!"

我扛着库普蹚雪而行,任凭马爬犁跟随在我的身后。库普散发着杨树和奶酒的异香,这种奇特的味道始终弥漫在我的周围。

三、打哈熊的传说

没事的时候,我常常去和曲开老人套近乎,问这问那,问他一些山里面稀奇古怪的事。但语言不通是我们之间交流的最大障碍。

额根齐木格是曲开老人的长孙女,前两年被乡里公费送到广州的一个技工学校上学,学的是旅游和酒店管理。每次寒暑假回来,我都会鼓励她给我和她的爷爷当翻译。她的汉语本来很标准,但在广州上了两年学又学成了广东普通话。

这样，我每次在很吃力地听完曲开老人讲话后，还得再很吃力地听额根齐木格给我把图瓦语翻译成广东普通话。如此一来，我的头脑中常常会被三种语言如何转换纠缠得痛苦不堪。倒是小孙子额尔德木图的普通话说得标准，但六岁的小孩根本无法翻译大人的语言。我每次见到额尔德木图总会逗他："你的普通话是跟谁学的？"他会不假思索地回答我："跟动画片学的。"但也只能是逗逗乐而已。

我平常最喜欢问老人的，是有关打哈熊的故事。哈熊就是棕熊，当地人喜欢把棕熊说成哈熊。我听很多人都说过，曲开老人年轻的时候是个打猎的高手。在喀纳斯和禾木这个区域，打猎高手就意味着是打哈熊的高手。

每次说到打哈熊的事儿，曲开老人的胸脯就会下意识地朝前挺一挺，眼睛里会释放出和他的年龄极不相称的兴奋的光芒。他会伸出两条胳膊像要什么东西："我嘛八十多岁了，但是嘛现在给我一杆枪，我照样还能打几只哈熊回来给你们看看。"说话时，老人的身板挺得直直的，鼻孔里喘着喷薄的粗气。

我给他讲了一个现代版的打熊故事：前两年，喀纳斯保护区向上级林业部门申请了两个做哈熊标本的指标，这样的指标能够申请下来非常不容易。保护区组织当地的打猎能手进到深山打了两年，结果进去的所有猎手都是空手而归。最后，那两个指标因为期限已过，被白白地浪费掉了。

老人听后哈哈大笑，直笑到咳嗽不止。等笑完了，老人又摆摆手，显得严肃而又无奈："唉，现在嘛，保护了嘛。枪嘛，没有了。打枪的人嘛，也没有了。所以嘛，现在嘛，不管是打猎，还是打哈熊，都只能是听故事了。"

后来，我就天天听曲开老人讲打哈熊的故事。我归纳了一下,在老人看来,过去打熊无外乎就那么几种方式:一是用猎枪,二是下夹子,三是诱捕。

用猎枪打哈熊是最为直接的捕猎方式,既彰显了捕猎者的英雄气概,同时又避免了和猎物近距离遭遇。但有一条,捕猎者必须是神枪手,要一枪击中哈熊的要害部位。否则,只要给了哈熊以喘息的机会,它就会返身把人撕成碎片。

老人给我讲过一个惊心动魄的打熊故事。早年,他和朋友巴特尔去苏木河的上游打猎。他们在林子里寻找了五天五夜,最后围堵到了一只身材高大的公熊。为了确保万无一失,他和巴特尔与哈熊保持着三角形的关系。熊的视力不好,但嗅觉极佳。当巴特尔的枪声响过之后,受伤的公熊便发疯一般向处在下风口的巴特尔扑去。顿时,哈熊和人扭打成一团。但人哪里是哈熊的对手,眼见着巴特尔已被公熊撕扯得血肉模糊。曲开被眼前这一幕吓得像傻子一般愣在那里,是巴特尔的呼救声才让他回过神来。他高声呼喊着告诉巴特尔把头顶在熊的肚子上,举起猎枪向公熊狰狞的脸部扣动了扳机。只一枪,他分明看见子弹从公熊张开的嘴中射入,鲜血和脑浆从后脑喷薄而出。

对于这个故事的真实性我深信不疑。我问曲开老人:"你当时就不怕一枪把巴特尔打死吗?"他笑笑说:"我嘛,给他说了。如果我一枪把哈熊打死了,我就是他的救命恩人。如果不注意打死了他,他也别怪我,那是老天爷的事情嘛。反正那个时候嘛,别的办法没有,一切都听天由命了。"

还有一个用猎枪打哈熊的故事,听起来更为悲壮一些。三十多年前,有一个叫吾肯的人,也是当时很有名的打猎高手,每年都会抽空到禾木来打猎。那一年夏天,吾肯从布尔津县城到禾木来打猎,与以往一样,他找到禾木的打猎能手曲开跟他做伴。他们在禾木巴斯找到了宿营点，吾肯就提着猎枪独自一人爬上山头。他看到一只母熊带着两只熊崽在对面的山沟里玩耍，兴奋地来不及叫上同行的曲开就迅速向猎物移动过去。目测到有效射击距离后，吾肯立刻将子弹上膛扣动了扳机。中枪后的母熊带着两只幼熊转眼间就消失在茂密的森林中。吾肯凭直觉断定母熊受了致命的重伤，他追到林子里，林子里死一般的寂静。当他转身搜寻的时候，受伤的母熊从一棵大树后面直立起身向他扑来。在他被扑倒的一瞬间，他分明看到母熊的腹部已经血肉模糊，肠子从被子弹炸开的洞口向外流淌。受伤的母熊会比扣动猎枪扳机时的猎人更为凶猛残忍，前掌左右开弓，吾肯就被撕扯得遍体鳞伤。就在他彻底失去意识前，他用右手从腰间拔出刀子从母熊的伤口向上方的心脏猛力戳进去。母熊发出一声撕心裂肺的惨叫，将吾肯扔出去十几米远，自己也仰面向后倒去。

前面发生的这一切，曲开一无所知。当他在禾木河边搭好过夜的帐篷，才发现不见了吾肯的踪影。他大声呼喊吾肯的名字，四处寂静无声，他预感到吾肯可能是出什么事了。他爬上吾肯刚才爬上的山头，凭他多年来狩猎的嗅觉，他闻到了人熊混杂的血腥气味。

从那以后，吾肯逢人便说，曲开大哥是他的救命恩人。如果没有曲开大哥，他和那只母熊早就被老天爷合葬了。就是吾肯这样的打猎高手，最后还是因为一次打猎就再也没有回到山外。人们花了几十年的时间去寻找他，也没有找到一丁点儿有关他的踪迹。几年前，他的子女们在据说是他丢失的地方为他树了个墓碑，作为后人对他的纪念。

和用猎枪打熊不同的是，下夹子捕熊是一种技术活儿。通常，人们是在哈熊经常出没的地方把夹子隐藏好，等熊路过的时候把它夹住。但这种不费力气的活儿成功的概率极低，要知道哈熊和人一样也属于杂食动物，杂食动物的智商往往高于单纯的食草或者食肉动物。捕猎者经常会发现，他们的捕熊夹子会莫名其妙地被挂在附近的树上。起初他们以为是同行干的，互相猜测埋怨，但最后发现那是发怒的哈熊把夹子扔到了树上。

曲开老人告诉我，像这一类捕熊的人，他们的脑子不比哈熊聪明多少。夹子要么不下，要下一定要下在哈熊的洞口。不入熊穴，焉得熊掌。但要在哈熊窝里抓哈熊，就如同在老虎嘴里拔牙，谈何容易。曲开自有他的办法，那就是要掌握好下夹子的最佳时机。每年入冬以后，哈熊就逐渐进入了冬眠期。但哈熊的冬眠并不意味着它就被冻僵了或是昏死过去，而是一种消耗自身能量的休眠。这时，你拿上木棍从洞口里往里戳，处于昏迷状态的哈熊会非常烦躁。因为你打扰了他的休息，但它又确实懒得起身和你抗争，于是它索性把木棍夺下来藏在身后。你不停地拿木棍往里戳，哈熊就不停地往身后藏。不经意间，身后的木棍多了，哈熊被自己用木棍顶到了洞口。不用说了，这时你下在洞口的夹子派上了用场。处于冬眠状态的哈熊，基本上失去了反抗的能力，可以任你宰割了。

有人发明了另外一种捕熊的办法，他们把蜂蜜涂抹在被雷劈裂的树杈上，哈熊远远嗅到蜂蜜的味道就会追寻而来。哈熊爬上树杈，尽情地享受蜂蜜的美味。吃到最后，哈熊会用前掌用力扳开开裂的树杈，把头伸进去吃剩余的蜂蜜。但它太贪吃了，最后，它最不该用舌头去舔粘在前掌上的蜂蜜，开裂的树杈失去了前掌的撑力，就会迅速收缩合拢，哈熊的头部就被死死地夹在树杈当中了。

每每讲到这里，曲开老人就会显得很无奈。他告诉我，在所有的捕猎哈熊的手法中，他最不欣赏和不能接受的就是这一种。人做得不地道，熊死得既憋屈又窝囊。

"不过嘛现在好了,国家提倡保护动物了,再打哈熊嘛是犯法的事情。"说到这里,曲开老人话锋一转:"但是嘛也有一个问题,过去哈熊吃了我们的牛,我们可以打死它。现在嘛,哈熊越来越多了,经常吃我们的牛,吃了嘛别开(白白)吃了。我们怎么办?"

我看着他认真的样子,想笑但没敢笑出来。在这件事情上,我还真的没有什么好办法可以告诉他。

四、黑蜂回到高加索

每年到了旅游季节,从外界通往禾木村的公路两边都会有很多卖蜂蜜的人家。他们有的是用木板做招牌,有的是用一块红布打一个小横幅,有的干脆拿一块硬纸壳子做广告,无论是什么形式,上面一定会写着"禾木黑蜂蜂蜜"的字样。因为有生意,他们会从初春一直坚持到秋末,蜂蜜多得永远都卖不完。

黑蜂的全称应该是高加索黑蜂,原产地是俄罗斯的高加索地区。其实,禾木这个地方以前是没有人养蜂的。俄国十月革命前后,一些白俄贵族先后向中国的新疆地区逃难,其中一少部分逃到了当时的布尔津、冲乎尔、哈流滩和禾木区域。

俄罗斯人来到禾木,带来了很多先进的生产技术。喀纳斯区域现在木屋上的恰特顶子,就是他们来了之后钉上去的。他们还带来了种大麦的技术,在禾木巴斯和吉克普林,现在还留有大片被耕种过的土地的痕迹。还有,就是他们带来了珍贵的高加索黑蜂。

对于俄罗斯人,曲开老人的时间表是,他们1917年来到禾木时,有四十多户人。他们在禾木待了四十五年,后来由于中苏关系变得紧张,他们才逐渐离开了禾木区域。直到1962年,这些俄罗斯人最终消失得无影无踪。但他们去了哪里,曲开老人也说不清楚。

每次说到俄罗斯人在禾木的四十五年，曲开老人都似乎有一些伤感。翻译过来的大概意思是：四十五年在一个人的生命历程里应该不是一个小数字，很难有人在他的一生中经历两个四十五年。四十五年足够一个人跨越他的大半生，等等。但每次说到最后，他又变得很开朗：“我嘛，今年八十多岁了，凭我的身体，肯定能活上两个四十五年没有问题。"

俄罗斯人走了，他们带来的生产技术也随着时间的推移或者保留下来，或者慢慢丢失。木屋上的恰特顶子保留至今，因为它们很实用，能起到防雨防雪的作用。人们对于种大麦的事渐渐失去了兴趣，水草丰美的禾木完全可以靠天吃饭。冬天不用喂料，牛马照样能吃得膘肥体壮。俄罗斯人走后，虽然留下了一少部分黑蜂，但由于当地人习惯了粗放式的劳作方式，黑蜂实际上越养越少。几十年过去了，由于近亲繁殖而直接导致物种退化，黑蜂已经逐渐成为人们茶余饭后的古老传说。

禾木村现在到底是不是还有正宗的高加索黑蜂，人们说法不一。有的老人说，在苏木河上游的地方，还有几百箱真正的高加索黑蜂，分散在那儿居住的几户人家里。有的老人说，黑蜂早就在禾木这一带灭绝了。现在在禾木养殖的黑蜂，早就不是纯种的高加索黑蜂了。曲开老人赞同后一种说法。

过去，有没有纯种的高加索黑蜂，对于禾木人来说似乎并不重要。那几百箱真假不明的黑蜂酿出的蜂蜜，已经足够当地几百口人家食用。而且，这些真假不明的黑蜂酿出的蜂蜜，反正比从山外买来的要好吃得多。

后来，是旅游带来的商机让黑蜂的传说被再次激活和放大。有人千里迢迢来到禾木，就是要买禾木黑蜂的蜂蜜。而且，根本不问价格是多少，只要有，他们一律收购。但是黑蜂在禾木就那么几百箱,而且是不是真的还没有搞清楚。

乡里找到曲开老人,希望他带头引进和恢复黑蜂养殖技术。但引进和恢复一项丢失已久的技术总是缓慢而艰辛的,因为每个地方对自己独有的东西都会倍加珍惜和保护。你一旦失去曾经的拥有,往往就会成全别人的独有。乡里派人从黑龙江和伊犁那边引进了几百箱黑蜂,但经过曲开和其他几个老人鉴定,这些黑蜂和过去俄罗斯人养的黑蜂根本不是一个品种。有人想到了另外一个绝招,他们跑到中俄边界去捕捉误闯边界的黑蜂,但离开了自己种群的极少数黑蜂根本无法存活下去。最终,人们不得不放弃了这种单相思似的爱恋。

但旅游大潮的到来,给蜂蜜销售带来的市场空间,实在是大得令人头昏目眩。

开始,人们把普通的蜜蜂一箱箱地运到禾木采花酿蜜。普通的蜜蜂来到禾木,采了禾木的野生百花,产出的蜂蜜花香四溢,贴上禾木黑蜂的标签,没有人会产生异议,而且本来味道也相差不多。后来,随着游客的增加,需求量也大大增加,禾木产出的蜂蜜已经供不应求。有人干脆从外面把普通的蜂蜜运送到禾木,挂上禾木黑蜂的牌子销售。山外的普通蜂蜜贴上了禾木黑蜂蜂蜜的标签,它的价格一下子就从几十块钱卖到了几百块钱。

曲开老人对于有人把山外的蜂蜜拿到禾木来卖很是耿耿于怀。他不止一次地告诉我:"你们汉族人嘛有一句话,叫挂羊头,卖狗肉。我们图瓦人嘛也有一句话,叫骆驼的脚再大,也卖不出熊掌的价钱。但是嘛,现在奇怪得很,骆驼的脚嘛,就是卖出熊掌的价钱了。"

对此,我每次也只能无言以对。我就想,既然黑蜂的故乡在遥远的高加索地区,俄罗斯人都回去了,让它们也跟随它们的主人安然地回去是不是更好。任何生灵，可能都不愿意长久地过客居他乡的生活，即便是这个他乡水草丰美得像哈熊肚皮上的肥肉。

其实，禾木生产的蜂蜜，就是不打高加索黑蜂的旗号，照样也能卖出好价钱。那里的蜜蜂，采的可是野生的百花，喝的可是天然的甘露。只是，别再让外来的蜂蜜鱼目混珠就是了。

五、禾木河上的木桥

禾木河上的那座老桥已经不能满足村民和游客过往的需求了，乡里要在离老桥一公里的上游再修一座新桥。工程承包出去了，但承包工程的老板只修过水泥桥，没有修过木桥。扳着指头算算，当年修建禾木河上那座老桥的人只有曲开老人还健在。于是，乡里请曲开老人当修桥的顾问。

老桥最早修建于1920年，当时，俄罗斯人刚来不久。1970年，老桥被翻新重建。正值壮年的曲开有幸在老木匠的指导下参与了新桥的重建。一般来说，河上的木桥四五十年就要修建一次。到了这个年限，不光桥墩的木头会腐烂掉，参与上一次修桥的人也都快不在了。那样，修桥的技术就会面临失传的危险。

曲开老人对于修桥的程序了如指掌。修桥前先要在河道上找到适合修桥的位置。所谓适合，就是河床既要平缓，又不宜太宽。河水太急的地方修的桥不牢靠，河床太宽了修桥的成本又太高。他去要架桥的河道上观察了一段时间，先在河道两边的树林中找到发洪水时河水最高的水位，又细致地查看了河两岸河床的坚硬程度，最后才确定了新桥的具体位置。

修木桥和修水泥桥不同。水泥桥要在夏天来修，但修木桥必须要在冬天修。因为木头的搬运和桥墩的搭建都需要利用天然的冰雪做先决条件。在秋天里，人们在森林中选择被风吹倒的落叶松做修桥的原料，砍伐后将它们堆放在便于运输的路口。等到冬天，积雪的厚度可以跑马爬犁了，人们再把木头一根根运送到要修桥的河岸边。

通常，木匠们修建木桥只需要一把锋利的斧头。无论是截木头，蜕皮还是打榫，木匠们全靠手中的一把斧头来完成。他们先在河岸上把修桥的桥墩用木头一根一根地搭建好，用油漆在每一根木头上打上标号，再拆卸搬运到结冰的河面上。丈量好每个桥墩的位置后，人们在厚厚的冰面上开始架设桥墩。一般一座木桥需要四个桥墩，河面上两个，靠近河的两岸各一个。用坚硬的松木搭建的桥墩呈菱形，最尖的两头朝着流水的方向。四个桥墩的框架搭建好后，再用提前准备好的鹅卵石把空心的桥墩填满，桥墩的修建就大功告成了。人们只需要耐心地等候春暖花开，四个桥墩就会随着冰雪消融，自然稳稳当当地沉落到河床底部。

剩余的工程就是搭建桥面了。人们在四个桥墩的上方拉起一根钢丝绳连接河的两岸，作为修桥的辅助工具。修桥工人从钢丝绳上把修桥面的木料运送到中间的两个桥墩上。可别小看这一条钢丝绳的作用，没有它根本就无法在四个桥墩上连接桥面。

那天曲开老人就是在那根连接两岸的钢丝绳上不小心掉到了湍急的禾木河中。春夏之交，正是河水猛涨的时节。人们眼看着曲开老人被凶猛的洪水卷走。所有在场的人都惊呆了，人们不知所措。就在大家完全绝望的时候，八十多岁的曲开老人凭借着自己硬朗的身体和超人的毅力，自己拯救了自己。他顽强地从一百米外的下游爬上了河岸。但刺骨的河水还是让曲开老人在县城住了一个多月的医院。

从那以后，曲开老人有半年时间都很少出门。有人猜测，曲开老人的身体可能再也恢复不到从前那样了，毕竟，他是一个八十多岁的人了。禾木河上的新桥快修好的时候，乡里的人去他家问他:"要不要在桥的两端再修两道像老桥上那样的大门。"

曲开老人想都没想,大声说:"还修大门干啥?老桥上的大门嘛是当年防止牧民往苏联逃跑用的。现在嘛,勺子(傻子)才愿意跑到那边去。"

秋天到的时候,新桥修好了,曲开老人的身体也奇迹般恢复到和从前一样,可以行动自如了。曲开老人和一些乡里的长老被邀请到新桥上,他们来回在新桥上走了几趟,大家对新桥的设计和建造质量都很满意。大家都很清楚,桥虽然是一座新桥,但它的修建技术和一百年前没有什么两样。大家都说,不知道再过一百年,还有没有人会修这样的桥了。

新桥建好没过多久,一条消息忽然在禾木村炸开了锅。有人听说在禾木河上要修一座水泥大桥,选址就在新修的那座木桥跟前。伴随水泥桥同时施工的,是一条由南而北贯穿禾木村的柏油马路。这消息,在禾木村的确很重要,不由得人们不议论纷纷。

有人说,修水泥桥好,水泥桥结实耐用,不用隔几十年就再修一次桥了。

有人说,这下曲开老人高兴了,汽车可以直接从水泥大桥上开到他的家门口了。

这话传到曲开老人的耳朵里,他说:"你们知道个皮牙子,在禾木河上修一座水泥大桥,不是在开玩笑吗?等水泥大桥修好了,有人还会把禾木村的木头房子都扒掉,然后再盖成城里的楼房。那时候,你们可能都高兴了吧?"

修建水泥大桥的工程很快就开工了。修桥工人在河的两边搭建了很多绿色的工棚,挖掘机开始清表,草皮和黑土被挖到一边。

曲开老人去乡里问:"这个大桥不修不行吗?"

乡里的人告诉他:"工程队都进场了,看来不修是不可能了。"

曲开老人问:"如果不修,谁说了算?"

乡里的人说:"那要上面的大巴斯(领导)说了算。不过,现在可能已经来不及了。"

曲开老人扭头走了。

没过多久,人们发现,工程队的绿色工棚被人拆卸后装到车上拉走了,挖掘机也撤离了施工场地,修桥工人开始陆陆续续离开工地。没几天,工程队留下的,只有挖开的草皮和黑土被胡乱地堆在地上。

修水泥桥的工程草草开工,又草草收场。听说,是上面的大巴斯收到了一封群众来信。大巴斯在那封信上签了很重要的意见,修桥的工程就停下来了。但那封信是谁写的,信里写的什么内容,大巴斯是怎么签的意见,禾木村始终没有人知道。

我还是常去曲开老人的家里看他,听他讲一些过去和现在的故事。如果有一个月不去,他就会很生气。他会告诉我:"下一次嘛,如果再这么长时间不来看我,我嘛,会拿上猎枪去找你的。"

说话时,曲开老人眼睛里透出一丝莫名的伤感。

喇嘛庙

LaMaMiao

禾木村的喇嘛庙很不起眼。从外观上看，它和村里头别的木头房子没有多大的区别。只是在进院子的木头门上，绑了许多白颜色和蓝颜色的哈达。那是信众们逢年过节绑上去的，以示对神灵的敬畏。后来，来禾木村旅游的人渐渐多起来，他们也学着当地人的样子，去庙里磕个头，出来后把喇嘛给的哈达顺手绑在木头门上。

喇嘛庙和喇嘛家只有一路之隔。进村子的时候，喇嘛庙在左边，喇嘛家在右边。出村子的时候，喇嘛庙在右边，喇嘛家在左边。家和庙都是木头做的墙，木板做的斜屋顶。在喇嘛的心中，家和庙没有办法分开，家是属于自己的，庙是属于全村人的。家里的人是自己的亲人，去庙里的人是信仰神灵的信众。家和庙是自己生活和生命的全部。

平日里，喇嘛除了诵经，一般不去庙里。庙是传达神灵旨意的地方，脑子里不干净的时候不能去。只有脑子全神贯注地埋在经书里，才能达到人与神灵的自由沟通，接收到神灵的妙言真语。更多的时候，喇嘛站在自家的院子里，隔着公路，默默地守望着喇嘛庙所在的那片野草丛生的院子。

喇嘛庙坐落在禾木村的中央，独自占有三四亩地，这在禾木村，很是起眼。在三四亩的空地上，孤零零地站立着一个只有几十平方米的小庙，在拥挤的村子里就显得特别空旷。院子里荒草萋萋的，更使得喇嘛庙彰显出几分神圣和神秘。

最近一些年，随着旅游的开发，禾木村的房子已越盖越多，空地也越来越少。过去满地上绿茸茸的野草，被游客们踩得见到了黑土。晴天时尘土飞扬，雨天时黑泥粘鞋。唯独喇嘛庙这块空地，没人敢来随便践踏和乱盖房子，野草也长得没过了人的膝盖。在经济利益面前，这里的人们和山外的人一样，已无孔不入，但在神灵面前，还能保留一点敬畏的心理，已是非常难能可贵的了。

多少年来，喇嘛一直有两个心愿。一个是把喇嘛庙扩建一下，盖得再气派一点，那样的话当喇嘛也就当得会很有面子。本来就是上千人的村庄，而寄托精神的地方只有几十平方米，确实显得很不谐调。

喇嘛的另一个愿望，就是给自己家再多盖两间房子。毕竟娃娃们慢慢长大了，住在一个木屋里已经很不方便了。前两年，因为喇嘛手上有一点残疾，乡里通过残联给喇嘛家争取到了维修加固房子的钱。喇嘛自己动手，在自家的院子里新盖了三间木头房子。很快，新盖的三间房子就被外面的人租去开商店了。因此，喇嘛家每年可以多收入将近两万块钱，而且，租金还有往上涨的可能。喇嘛和妻子搬到了厨房住，把原来住的大房让给了两个女儿住。毕竟，喇嘛也是食人间烟火的凡人。只要能多挣点钱，身体受点委屈但人的心情是愉快的。

和地球上的任何地方一样，在村子里，贫穷是不被人看得起的。喇嘛家越有钱，房子盖得越漂亮，而且房子里天天飘出的是手抓肉的香味，人们就会越相信喇嘛念出的经、讲出的话。相反，如果喇嘛是个穷光蛋，那他念出的经、讲出的话也就没人相信了。

得承认，喇嘛和他的妻子在图瓦人中算是很有经营头脑的人。但喇嘛因为自己的特殊身份，也不便大张旗鼓地去搞经营。在村民的心目中，喇嘛是有身份和地位的，人们一定不会喜欢一个一只手拿经书，一只手点票子的喇嘛吧。

抛头露面搞经营的事自然就落到了喇嘛妻子的头上。她利用家在路边的便利，几年前就开起了图瓦人特色的民俗家访点。她把自己家最大的房子腾出来，木墙的正上方挂上成吉思汗和十世班禅的画像。地板上铺上自己擀制的花毡子，花毡子上摆上一长溜长条桌，长条桌上摆上各类油果子和奶制品。客人们来了，喇喇嘛妻子让客人们坐在长条桌的上方，品尝她的手艺，用半通不通的汉语介绍图瓦人的来历和生活习惯。最后，她会给每位客人倒满一碗她自己酿制的奶酒，用她那和山风一样浑厚的女中音给大家唱起那首图瓦敬酒歌：

煮熟的羊肉给灶里的火祭过，

出锅的奶酒给外面的天敬过。

……

妻子在木屋里忙活着招待客人的时候，喇嘛一般是静静地站在院子里，默默注视着公路对面的喇嘛庙。毕竟，公路的对面才是喇嘛本身应该做的正经事。那里，才是一个喇嘛作为一个区域精神领袖的神圣殿堂。

喇嘛和妻子共生有两个女儿。两个女儿有两个很好听的名字，大的叫平儿，小的叫香儿。也是两个很好看的女儿。香儿还在上小学三年级，还是一个不怎么懂事的孩子。

而平儿就不同了，在禾木河水和阳光的滋润下，十七岁的平儿已经出落得像禾木草原上盛开的金莲花，健康而美丽，走到村子的哪个角落，都会叫小伙子们喜欢得很。好在平儿已经考到山外的阿勒泰市上高中，只有暑假的两个月才回到禾木村。假期里，平儿用自己家的马加入到村里的马队中，拉游客挣钱。但这对于小伙子们来说已经足够了，他们至少可以在牵马上山下山这些机械般的重复劳动中，时不时望一眼这个和山里的女孩越来越不一样的姑娘。可以在马队里和平儿度过两个月的美好时光，小伙子们觉得已经美得不行了。尽管平儿平时只顾埋头干活，很少有时间搭理他们。

平儿不光长得好看，还是一把干活的好手，这一点似乎是继承了父母的基因。暑假两个月，平儿每天都和母亲一样起早贪黑。只不过母亲干的是挤奶做饭的家务活儿，而平儿干的却是村子里男孩子干的事情。她每天早晨踩着露水去找贪吃夜草的马，回来后父亲帮她背上马鞍子，她就开始了一天的工作，牵马往返于哈登平台拉客人，连午饭都是匆匆回家喝一碗奶茶吃一块烤馕。平儿每天平均能挣200块钱，两个月下来，她能为家里挣到一万多块钱。在喇嘛的心里，平儿比别人家的男娃娃还要强。

提到男娃娃，喇嘛虽然没有亲生的，但还真的有一个早些年收养的叫巴图苏克的孤儿。喇嘛心善，这也许是当喇嘛的起码品格。几年前，巴图苏克的父母相继去世，留下这个幼小的孤儿无依无靠。喇嘛慈悲为怀，收养了这个可怜的小生命。巴图苏克的父母是怎么死的，喇嘛一直不愿意告诉任何人，但他心里比谁都清楚。

过去，禾木村的青壮年男女死亡的，大多都和喝酒有关。酒这个东西害了禾木村的好多人。以前，村里人喝的是自己家酿造的奶酒，奶酒和粮食酒差不多，都是烧制出来的，只不过奶酒的原料是牛奶，度数要比白酒低得多。后来，禾木村慢慢开始来了一些外地人，他们在村子里开商店，卖便宜的白酒给当地人喝。喝白酒比喝奶酒管用，过去村里的人喝奶酒喝几公斤都不醉，而后来改喝白酒只用喝半瓶子就起到作用了。喝了白酒的人晕晕乎乎，醉生梦死，感觉好得不得了。

酒这个东西有时候跟毒品一个样，只要上瘾了就很难再舍弃得下。而且不分有钱没钱，公平得很。有钱的喝，没钱的也喝。如果真的喝上了瘾，最后，有钱的也喝得没钱了。

开商店的人心好，对真的没有钱的人，老板就先给他赊账喝，告诉他等到秋天家里的牛长大了卖了钱再来还账。不花钱就能喝上酒，这对于喝酒的人来说自然是一件很快乐的事儿。他们想象这就和当年村里人在银行贷款，最后总是政府把欠账一笔勾销一样。通常，喝酒的人喝一瓶，老板就给他记上一瓶，写上年月日。后来喝得多了，喝酒的人也记不清自己到底喝了多少瓶酒了。老板也就可以在账单上随意地增加上多少瓶酒，甚至连年月日都懒得写了。

当某一天喝酒的人再去赊酒喝时，老板却忽然翻脸不给赊了。一算账，喝酒的人欠的账已经超过了一头长大了的牛的钱。喝酒喝上了瘾的人到了该喝的时候喝不上酒，比让他去死还痛苦。于是好心的老板就跟着喝酒的人去他们家牵了一头牛回来，再继续给他欠账喝。这是对一般的酒鬼的做法。对付真正功夫高的酒鬼，老板还有更高明的办法。喝到最后老板甚至连牛都懒得去牵了，只需从自己的商店里拿上一把锁，到酒鬼家把木门一锁，别人的三间木头房子就变成老板自己的了。

在禾木村，喇嘛最痛恨酒这个东西。喇嘛自己不喝酒，他也反对村里的其他人喝酒。前些年，喇嘛找到乡里的领导反映，禾木村如果再不禁酒，村里的人恐怕要负增长了。乡里的干部很赞同喇嘛的意见，用钢筋焊了醒酒的笼子放在乡政府的大门口。每天都会有喝醉酒的人被关进醒酒笼子，这在当时成了禾木村的一大景观。

如果追根溯源，喇嘛很有可能是醒酒笼子的发明者。自那以后，大山以外的所有县城和乡村的马路上，都在显眼的路口摆上了醒酒笼子，专治那些醉卧街头的酒鬼。就这样，醒酒笼子在阿尔泰这片大山的山里山外流行了好几年。但后来在某个县城发生了一件意外的事，导致了这个创举最终收场。一个刚毕业的大学生被分配到县城的中学教书，一天朋友聚会喝多了酒，被联防队员强行关进了十字路口的醒酒笼子里。半夜大学生醒来发现自己被关在如此和自己身份不相符的笼子里，羞愧之极，解开裤腰带在笼子里上吊自缢了。

喇嘛当然不知道山里山外为什么收掉醒酒笼子这件事的原委。他只是在喇嘛庙里和村民家操办的红白事上更多地讲一些喝多酒对自己身体和他人都没有好处的话。他收留巴图苏克，也是以自己的行动告诉村民，酒喝多了对自己、对家人都祸害无穷。

后来旅游的人来得多了，喇嘛很是开心。他告诉村民，来旅游的人都是口袋装了很多钱来寻开心的，要想办法让他们白天看风景，晚上多喝咱们烧的奶酒。他让妻子带头把烧奶酒的手艺拣起来，把烧好的奶酒卖给外面的游客。他老婆每次给客人们唱完敬酒歌后还要加上一句话："这个酒嘛好得很，男人喝了嘛强壮，女人喝了嘛漂亮。"于是来旅游的男人们为了自己更强壮，女人们为了自己更漂亮，就大碗地喝奶酒。等喝多了后他们会发现，这个奶酒原来是打腿不打头的，喝完以后不影响手从皮包里往外掏钱，可要想抬腿迈出房间就很困难了。村里人看到自己家的奶酒能变成一张张现金，喝酒的人还真的比以前少了。

禾木村的人开始知道挣钱了。喇嘛想这是一件好事，能挣钱总比能喝酒好啊。但接下来的问题是，封闭了几百年的禾木村村民对这旅游大潮的到来还没有做好心理上的准备。靠着旅游，人们的口袋里越来越有钱了，但内心却一下子无所适从，整个村子都躁动不安，像丢了魂魄似的。人变了，变得争强和好斗。村庄也变了，变得杂乱和臃肿。喇嘛开始担心了，如果这样变化下去，村里的人没有过去那样纯朴了，村庄没有过去那样古朴了，禾木村也就不再有吸引外来游客的地方了。

喇嘛常常站在自家的院子里，透过车来车往的马路，凝望对面那个已经有一点破败的喇嘛庙。人们喜欢喝酒的时候，酒醒时脑子里还能想一想天上的神灵，心存一点敬畏。现在，挣的钱越来越多了，脑子里光想着钱，停不下来，把神灵真正抛到了天上。是该把村子里的喇嘛庙盖得高大和威严一些了，好让人们在神灵的看护下把钱挣得更干净点，喇嘛想。

喇嘛给乡里反映把喇嘛庙扩建一下，乡里又反映到了上面。但等了几年都没有音信。不知道是政策上的事，还是资金上的问题。

喇嘛内心感到了一丝困惑。

木桥记忆

MuQiao JiYi

据老人们说，禾木河上的那座老木桥建于 1970 年。木头的桥墩，木头的桥梁，木头的桥面，还有桥两头用木头做的大门，整座桥都是用木头建造的。多少年了，不经意间，它已经成了禾木村的地标性建筑。

在那以前，禾木河上是一座更老的木桥，因为经历了太久的年代，腐朽了，必须重建。再往前推，是一座更加老的木桥，以此类推。反正，老人们说，禾木河上从来就没有过没有桥的时候。有禾木村的时候，禾木河就有了木桥，桥和村是共生共存的。说话时，老人们都表现出一副自豪的神情。

木桥是连接禾木河两岸的必经通道。每年几十万南来北往的客人，都会在这座桥上或驻足观望，或停留沉思，或拍照留念。站在桥上向下游看，不远处是禾木村的另一个标志性景点美丽峰；向上游看，远方是高耸入云的阿西麦里峰；而回头看，正是带有黑土和牛粪混杂气息的古老的禾木村。而要观看禾木村的全景，则要从木桥走到对岸高坡的平台上去。久居钢筋混凝土中的城市人，时间久了总会怀念木头的清香。多少年来，游客正是奔着禾木村的满村木屋和禾木河上的这座古老木桥而来。中国人自古对木头有感情，木质的东西，总是能够帮人留住许多乡愁。

木桥也是禾木村村民进行生产生活的必经之地。禾木村的村民大都住在村里，但周围的山沟丛林中也散落着十几个自然村落，村民放牧的草场也分散在禾木河两岸的山间谷地中。在村里，人们祖祖辈辈依赖这座木桥，木桥成了人们生生不息的纽带。年复一年，村民们早已习惯了路过木桥生产劳作，早出晚归。每天早晨，喂完牛犊的奶牛会迎着晨曦从村庄跨过木桥去寻找丰茂的草场，傍晚再踏着牧歌悠然而归。在河对岸自然村落生长的小孩，每天都会和奶牛在桥上迎面而过，去村庄中的学校求学读书。这一切,已经成为禾木村再正常不过的一道风景。木桥像一根细细的皮绳,将禾木河两岸的人和物牢牢地拴成一体。

禾木的木桥

然而有一天,这道风景忽然间不复存在了。

历史进入到2014年,在5月31日那天早晨,一场五十年不遇的洪水,先是冲走了禾木河上游的新桥,接着又冲走了位于下游的老桥。说是五十年不遇,实际上是没有人能够知道,禾木这条河上,在一百年或更长时间里有没有发生过如此大的洪水。因为在禾木村,还没有人能够知道在一百年间或更长的时间里发生的所有事情。至少,现在的人们在五十年的时间里没有见到过这样大的洪水。所以,老实的禾木人信奉眼见为实,人们坚称这场洪水是五十年不遇。

洪水发生的原因,村民们都知道。每年到了五月下旬,后山的积雪开始融化。今年也不例外,加上连续五天的持续降雨,山洪便从禾木河的上游奔腾而下。过去禾木河发洪水,洪水的颜色都是黑色的,那是因为洪水冲刷的都是地表的黑土。而这次却不同,滚滚而来的洪水如同白色的乳浆,不时还有直径几十厘米、身长二三十米的松木在河床中横冲直撞。老人们断言,一定是禾木河的上游出现了山体塌方,生长了几百年的巨大松木连同山体中的岩浆一同被洪水裹挟而下。

新桥在夜间被率先冲走。因为新桥所在的位置河面窄,水流急,救援也是徒劳,人们干脆放弃了新桥。但老桥是禾木村民的依赖。多少年了,禾木村的人们还不曾记得自己的生活中没有过桥。人们在雨中连续三昼夜守候着老桥,不分老幼,不分男女。巨大的松木被挡在桥墩上,树根和树枝被洪水冲得像螺旋桨一样不停翻滚。人们在颤颤巍巍的木桥上用绳索套住树根,用铲车把松木拉到岸上。但到第四天早上,洪水翻过桥面,从上游冲下来的松木接二连三地冲撞着木桥。木桥岌岌可危,人们不得不迅速撤离桥面。木桥先是从中间断裂,人们看到对岸的半座桥瞬间被洪水卷走,接着跟前的半座桥连同桥头上的大木门像一艘轮船在洪水中漂浮而下,没走出多远就消失在滚滚洪水中。

人们被这突如其来的事件震惊了。老人和妇女们默默流泪,他们不敢相信,陪伴了禾木人祖祖辈辈的木桥,转眼间就消失得无影无踪。护卫木桥的人们一下子像泄了气的气球,轻飘飘地散落在岸边,任由洪水在空荡的河床中奔流而去。洪水冲走了木桥,同时冲走的还有禾木人对历史的一段记忆。

没有了桥的日子,禾木村一下乱了套,人们不知道该怎样面对眼前的生活。上学的孩子走到河边,他们被洪水堵住了去路。孩子们很纳闷,木桥虽然比自己的年龄大得多,但在他们的印象中,木桥就像他们的爷爷一样健康硬朗,慈祥可爱。孩子们不明白,木桥爷爷为什么狠心地丢下他们,不让他们过河上学。早起的村民挤完牛奶喂过小牛,母牛便径自走上颤抖的木桥,但它们刚刚走过木桥，木桥便被无情的洪水卷走了。它们没想到，这一趟竟是它们和木桥的永远告别。母牛站在岸边的水中，身后的萋萋青草已无法吸引它们的胃口。它们站成一排，任由昼去夜来，隔岸遥望着村庄和自己的牛犊。更大的问题是，这件事在网络上被疯炒。禾木村没有了人们记忆中的那座木桥，禾木村的风光就已经大打折扣，而失去了木桥，人们根本无法登到哈登平台上去观看禾木村的整个风貌。外地人疑惑，没有了木桥的禾木村，已经不再是原来的那个禾木村。不是想象中的那个禾木村，人们也就失去了前往旅游观光的兴趣。

洪水稍稍下去些时，乡里从旅游公司的漂流队借来漂流筏。先将上学的小孩接送到学校，不让他们耽误太多的课程。再将饿了几天的牛犊送到对岸，让它们母子得以团聚。谁家缺了面粉、清油和药品，也都优先解决临时的困难。但漂流筏毕竟只能解决燃眉之急，不是长久之计。乡里向上面反映了木桥被洪水冲走的情况，上面来人看后说，要先修一座钢便桥，作为临时过河使用，但从长远看，还是要修一座结实耐用的桥梁。

村民们听到桥梁一词，心里都咯噔了一下。木桥和桥梁虽然只有一字之差，但在村民的心目中，桥梁绝对不会是原先那样的木桥。木桥一定不会叫作桥梁，而桥梁一定是指那些用水泥或者钢筋建造的大桥。在禾木河上修一座水泥或者钢筋的桥梁，是禾木村村民在感情上绝对不能接受的事情。那样的话，禾木村还能再叫作禾木村，禾木河还能再叫作禾木河吗？

上面派的桥梁专家来到禾木村，村民们翘首以盼，想急于知道专家到底要修一座怎样的桥。但专家在禾木村整整转悠了一个星期，也没人见他在图纸上画一张草图。专家好奇地发现，禾木村所有人为制作的东西都离不开木头。整个村子都是木头建造的，他还没有见过如此规模的用木头建造的村庄。他到老乡家里喝奶酒，发现烧奶酒的桶是用杨木做的。他看到老乡家院子里放着冬天使用的马拉爬犁，整个爬犁都是用桦木做的。他发现就连村民家中盛食品的器皿，大多也是用木头或者树皮制作的。他发现木头和禾木这个地方最接地气，他断定木头是禾木村一切建筑的灵魂。

桥梁专家离开禾木村的时候，人们依旧没有看到他画出一张有关桥的草图。后来从乡里管事的人那里得知，桥梁专家临走时跟他们说，他想给禾木村建一座至少一百年都不被洪水冲走的桥，让"禾木村从来就没有过没有桥的时候"这句话不再成为一句空话。但到底要建一座什么样的桥，他还没想好。

村民们听后还是心存疑惑。他们在努力想象着，将要新建的那座桥到底会是什么样子？

放过虫草吧

FangGuo ChongCao Ba

在山里面待得久了，人可能就会变得很固执。我是一个常年守护在深山老林中的护林人，我和我的同伴的职责，是看护好这些原始森林和它周围的一切原始事物。

夏日，我们常常骑马走在喀纳斯的原始森林中，巡护保护区的山林草场和野生动物。走在无人区中，我每一次看见的，都是新奇无比的事物，即便是这些事物我早已司空见惯。它们大的大到冰川和河流，小的小到一只蚂蚁和一棵花草，它们都赋予了这片自然无限的灵魂。我叫得上它们的名字，也熟悉它们的品性，但每一次看见它们，我都视它们如新生的婴儿，怎么看也看不够。我把这片自然中生存的一切事物当作是自家的亲人，大山和冰川我像老祖宗一样地敬仰它们，河流和森林被视作爹娘的那个辈分，而花草动物们就像是我的兄弟姐妹那般被我疼爱着。这样相处久了，我成了这片山林的一个家庭成员。

有一天，我出山回家。进门的第一件事，是先打开电视机看电视。在大山的深处，没有人为的事物，我们看不到电视。那天，打开电视我看到了一则广告。广告内容不是当下盛行的景区宣传、城市营销，也不是经久不衰的名酒医药的强行灌输，竟然是我们这些护林人天天为之疲劳奔波、操心守护的冬虫夏草。广告是我看过的播放时间最长的广告，用时长，说明给钱多吧。广告一开始便是天真无邪的女童声：冬虫和夏草，虫是虫，草是草。然后列数了人们过去对冬虫夏草的种种不科学吃法，告诉人们现在含着吃的冬虫夏草纯粉片诞生了，并且赞扬了发明人对珍稀资源高效利用的卓越贡献。最后，男中音字正腔圆地广而告之：冬虫夏草，现在开始含着吃。

说实话，这广告做得确实让我有点倒胃口。电视台本应该做的是倡导保护生态、赞美人与自然和谐相处，怎么就稀里糊涂地做起如此不堪入目的与生态保护背道而驰的商业广告来了!也许是我太偏执,反正这广告差点把我这个老护林人给气死。于是,在微博上发了条反对这则广告的帖子,表明自己的立场,申明自己的看法。虽然明知自己身轻言贱,不会引起轰动效应,但还是发了。其实目的很简单,别再播放这样的广告了,播这样的广告有损咱新闻媒体的高大形象。

再进山时,我告诉同伴们:"现在,有人在电视上正在做冬虫夏草的广告呢。"伙伴们马上说:"是他们知道我们天天看林子太辛苦,在帮助我们宣传不要让外来人员再来挖虫草吧?"我的伙伴们真的太天真、太善良、太可爱了。当我告诉他们真相后,他们都说:"怎么可能呢?电视台不是天天叫人做好事不做坏事吗?难道他们保护生态的意识还不如我们这些普通的护林人吗?"我第一次对我的伙伴们无言以对。但从那以后,像是有了什么彼此之间的信诺,我和我的伙伴们就更加用心地看护这片山林了。

过了半年,我再出山时,发现电视上还在播着那则广告,而且播放的频率似乎比以前大大提高了。于是想,广告商和电视台看来都挣大钱了。但我这次出山要在家里待小半年之久,因为保护区大雪封山,只需轮流值班,无须常驻看护。于是就有时间天天看电视,于是天天看无数遍的冬虫夏草含着吃的广告。于是就很恼火,天天无休止地播这样的广告,难道就没人管管吗?

于是再发一次帖子:只求电视台一件事,停止播放冬虫夏草含着吃这条与保护生态背道而驰的广告。很有点忧国忧民、替天行道的样子。这一次点赞的一大片,发表评论的也不少。有人告诉我,现在不光电视上做这样的广告,报纸网络甚至商场都在铺天盖地地做这个广告呢。看来,关心这件事的人并不止我一个。

而且,在这些评论中还不乏有分量的。作家刘亮程评论道:别担心，那里面全是猪草，半粒虫草都没有。看看，不愧为大家吧，人家一眼就看出了其中隐含的商业秘密。当然，刘亮程的评论也许调侃的成分居多，但却表达了多数人对这则广告的鄙视心态。

我所担心的倒不是那一粒含片中到底是猪草多还是虫草多，我也不关心商家从一粒含片中能赚多少钱。我所担心的是这则广告这样频繁地播放后，人们对偷挖虫草的无限贪婪和对生态的破坏会变本加厉。

你知道冬虫夏草都产自哪里吗？在中国，这种东西主要生长在青藏高原的雪山草原地带。而在新疆，它只生长在阿尔泰山最北部的高寒地带喀纳斯国家级自然保护区。再往北走，就是俄罗斯和哈萨克斯坦了，但人家的国民不认这个像草根一样的东西，所以也就不存在乱采滥挖的现象。据说青藏高原上的牧人都很彪悍，自家的草场绝对不会允许外来人员进入采挖虫草，除了养牦牛，在自己家的草地上有计划地挖虫草，成了他们增收致富的另一条渠道。而且，青藏高原上的虫草虫在地下，草在地上，相对容易发现，人家在自家的草地上挖一点虫草，只要不去有意破坏生态，我在这里也就不妄加评论了。

但喀纳斯区域就不同了。喀纳斯自然保护区的生态本身就极为脆弱，对森林草原的稍加破坏就会造成难以恢复的严重后果。这里的冬虫夏草不同于青藏高原，它们深埋在草根之下，从地表上根本无法看出虫草生长在哪里。因此，外来偷挖人员往往是采取对草原毁灭性的极端手段进行采挖。每年春夏秋三季，偷挖者和我们这些护林人像是在打游击战，他们流窜着把原始草原成片地翻个底朝天，然后一走了之。他们在深山密林中潜伏大半年时间，全靠砍伐树木来取暖做饭，未灭的灰烬极易引发森林火灾。这些年来，我们这些护林人扑救的喀纳斯区域发生的大大小小的火灾，大都与偷挖虫草者有关。

喀纳斯生态环境

  其实这一切，皆因利益使然。挖虫草者要获取利益，倒卖虫草者要获取利益，把虫草做成含片者要获取利益，广告商要获取利益，电视台要获取利益。而且，在这个利益链条中越往后者获取的利益就越高。那么，等虫草转化成了含片最终到了消费者口中，我不敢说你口中的含片是猪草做成的，至少，虫草在其中能有多少含量就十分可疑了。

  我想起了小时候在农村看到的劳动场景。妇女们在麦地里割麦子扎麦捆，汗珠子从太阳色的额头往下滚落。男人们在场院将麦捆子用大木叉扔到像山一样高的麦垛子上，胳臂上的肌肉像打铁的锤子那样结实。我们这些少年骑在牛背上快乐地将麦捆子从麦地运送到场院上，半懂不懂地听着男人和女人们的嬉笑怒骂。那时，大家吃的粮食都是五谷杂粮，吃的肉也都是散放着吃青草长大的山里的土猪肉。虽然肚子吃不太饱，肉也吃得少点，但吃得都很放心。而且，那时的人没有三高，没有现在这些名目繁多的富贵病，也更不需要吃什么本没有多少含量的含着吃的冬虫夏草。

说了那么多，归根结底还是一句话，采挖冬虫夏草破坏生态，把冬虫夏草做成天价的商品拿来销售，只能助长这种破坏生态的行为，电视媒体堂而皇之地为这样的商品做广告，就更是助纣为虐了。而对于那些正准备尝尝经过无数中间环节而变得如此昂贵的含片的人，我想说，多吃五谷杂粮，比什么灵丹妙药都管用。因为，像类似冬虫夏草这样的含片，它能做成含片，就足以说明它隐含着太多不可告人的秘密。

忽然想把那句广告词改动一下：冬虫和夏草，虫是虫，草是草，小心虫草变猪草。